Y CORFF ANHYSBYS

BOB EYNON

DREF WEN

I Philip Wyn Jones

am ei gymorth a'i gyfeillgarwch

Argraffiad cyntaf 2000

Cyhoeddwyd dan gynllun comisiynu
Cyngor Llyfrau Cymru.

Lluniau gan Brett Breckon

Cyhoeddwyd gan Wasg y Dref Wen,
28 Ffordd yr Eglwys, Yr Eglwys Newydd,
Caerdydd CF14 2EA
Ffôn 029 20617860.

Argraffwyd ym Mhrydain.

Dymuna'r cyhoeddwyr gydnabod cymorth
Adrannau Cyngor Llyfrau Cymru.

1.

Edrychodd y teithiwr ar y cymylau du uwchben. Roedd hi'n mynd yn hwyr ac roedd yr asyn oedd yn ei gario yn flinedig.

"Paid â phoeni, Jaco," meddai wrth yr anifail. "Dydy Caer Fynach ddim yn bell."

Roedd y gwynt yn codi ac yn teimlo'n oer ar ei wyneb. Crynodd y dyn o dan ei fantell. Roedd wedi bod yn teithio ers dyddiau lawer ac wedi treulio pob noson o dan y sêr. Roedd digon o arian ganddo ond doedd e ddim eisiau cysgu mewn gwesty. Doedd e ddim eisiau i neb ofyn cwestiynau iddo – fel i ble roedd e'n mynd neu o ble roedd e wedi dod. Erbyn hyn roedd e wedi gadael Lloegr ar ôl ac roedd e'n teithio trwy fryniau gororau Cymru.

Trodd y ffordd o'i flaen yn siarp a chafodd e gipolwg ar dref Caer Fynach ar draws y caeau gwyrdd. Roedd yn gallu gweld tŵr eglwys a hen gastell y tu ôl i'r waliau a melin ar lan afon Gwy.

"Wyt ti'n gweld, Jaco?" meddai wrth yr asyn. "Rydyn ni wedi cyrraedd!"

Ond doedd Jaco ddim yn gwrando arno. Trodd yr anifail ystyfnig o'r ffordd a dechreuodd gerdded i gyfeiriad glaswellt trwchus y caeau.

"Aros, Jaco, aros!" gorchmynnodd y teithiwr gan geisio tynnu'r asyn yn ôl. Ond roedd y dyn yn mynd yn hen ac roedd yr anifail yn rhy gryf iddo. Disgynnodd oddi ar gefn yr asyn ac estyn am ei fag.

"O'r gorau, Jaco," meddai dan ochneidio. "Fe gei di orffwys. Dof yn ôl i chwilio amdanat ti yfory."

Cerddodd y teithiwr weddill y ffordd, er bod ei goesau'n stiff a gwan ar ôl cymaint o amser ar gefn yr asyn. Clywodd glychau'r eglwys yn canu tra oedd e'n croesi pont gul yr afon. Erbyn hyn roedd hi'n bwrw glaw a mellt yn fflachio ar y mynyddoedd i'r gorllewin.

Aeth y teithiwr drwy glwyd y dref ac i mewn i'r strydoedd cul. Roedd y glaw, y gwynt a'r tywyllwch wedi gyrru pawb adref ac roedd y strydoedd yn wag. O bryd i'w gilydd gallai weld cannwyll yn goleuo ffenestr tŷ lle roedd teulu'n mwynhau cysur y cartref.

Cyrhaeddodd gornel lle roedd dwy stryd yn croesi. Trodd i'r chwith a gweld stryd gul iawn ar y dde. Ar ben arall y stryd yna roedd lamp yn hongian ar wal tafarn.

"Diolch byth," meddai'r dyn. "Efallai y bydda i'n gallu cael rhywbeth i'w fwyta ac yfed yno."

Dechreuodd gerdded yn gyflymach i gyfeiriad y lamp. Doedd e ddim yn gwybod ei fod yn cerdded i'w farwolaeth.

2.

Roedd rhan ogleddol wal y dref wedi cwympo amser maith yn ôl, diolch i filwyr tywysogion Cymru a brenhinoedd Lloegr oedd wedi ymosod ar Gaer Fynach yn eu tro. Ond ers diwedd y Rhyfel Cartref roedd y wlad yn byw mewn heddwch. Roedd Oliver Cromwell wedi marw ond roedd y senedd a'r fyddin yn dal i reoli'r wlad. Ac yn awr roedd pobl yn sôn am y Tywysog Siarl oedd yn byw ar y Cyfandir. A fyddai'n dychwelyd i Lundain i hawlio'r goron?

Roedd trigolion y dref wedi defnyddio cerrig yr hen wal i adeiladu tai newydd ar fin y comin ac roedd John, siryf Caer Fynach, yn byw yn un o'r tai hyn gyda'i wraig Siwan. Roedd ganddyn nhw ddau blentyn: Buddug, pymtheg oed, ac Arwel, deuddeg oed.

Y bore ar ôl y storm cododd Buddug yn hwyr. Doedd hi ddim wedi cysgu'n dda oherwydd y taranau. Roedd ei mam wedi codi'n barod ac roedd tân mawr yn llosgi yn y grât.

"Ble mae Dad?" gofynnodd y ferch.

"Mae e wedi mynd i hela ar gefn ceffyl gyda'i ffrindiau," atebodd y fam. "Gobeithio na fydd yn bwrw glaw eto. Gawson ni ddigon o law yn ystod y nos."

Edrychodd Buddug trwy'r ffenestr. Roedd yr awyr yn glir.

"Dydw i ddim yn meddwl, Mam," meddai hi. "Ydy Arwel wedi codi eto?"

Roedd tŷ'r siryf yn eitha mawr, felly doedd dim rhaid i'r plant gysgu yn yr un ystafell fel y gwnâi'r teuluoedd tlawd.

"Nac ydy," meddai Siwan. "Mae e'n dal yn y gwely. O leiaf rwy'n gallu gweithio mewn heddwch fel hyn."

Gwenodd Buddug. Roedd ei brawd yn gallu bod yn niwsans.

"Gaf i dy helpu di, Mam?" gofynnodd hi.

"Cei," meddai Siwan. "Ar ôl iti gael brecwast rydw i eisiau iti fynd â'r fasged a chasglu llysiau a phlanhigion ar gyfer swper heno."

Treuliodd y ferch weddill y bore yn y caeau, ar y comin ac yn y coed yn llenwi'r fasged â phob math o bethau da i'w rhoi mewn cawl.

Pan oedd y fasged yn llawn trodd hi'n ôl i gyfeiriad y tŷ. Roedd hi'n croesi'r comin pan glywodd stŵr yn y pellter. Cododd ei phen a gweld grŵp o ddynion a cheffylau'n dod o'r coed.

"Mae'r helwyr yn dod yn ôl," meddai wrthi'i hunan. "Tybed ydyn nhw wedi dal rhywbeth – baedd gwyllt neu hydd?"

Dechreuodd Buddug gerdded yn gyflymach. Roedd ei thad yn y grŵp ac roedd hi eisiau rhoi croeso iddo.

Symudai'r dynion a'r ceffylau'n araf. Yna sylwodd y ferch fod rhai ohonyn nhw'n cario math o stretsier. Roedd rhywun wedi cael damwain!

Yn lle mynd ymlaen tuag at y dref arhosodd y grŵp o flaen tŷ Buddug. Erbyn hyn roedd y ferch yn rhedeg nerth ei thraed, a rhai o'r llysiau'n syrthio allan o'r fasged. Roedd y dynion yn cario'r stretsier i mewn i'r tŷ!

Cyrhaeddodd Buddug y grŵp a gofynnodd i'r dyn agosaf, "Beth sy'n bod?"

Trodd y dyn a syllu arni hi. "Roedden ni'n hela baedd gwyllt," atebodd. "Trodd y baedd yn sydyn a dychryn ceffyl y siryf. Syrthiodd y ceffyl ar y pridd meddal ac fe gwympodd dy dad i'r ddaear. Mae e wedi brifo'i goes. Roedd rhaid inni ei roi e ar stretsier. Doedd e ddim yn gallu cerdded."

Rhuthrodd Buddug i mewn i'r tŷ gan wthio heibio'r dynion. Roedd ei thad yn gorwedd ar y stretsier yng nghanol yr ystafell ac roedd un o'r helwyr yn siarad â mam Buddug.

"Peidiwch â'i symud e," meddai'r dyn. "Gadewch iddo orwedd fan yna. Rwy'n mynd i roi'r newyddion i'r Arglwydd du Bois yn y castell."

Roedd wyneb Siwan yn wyn. Roedd hi wedi cael sioc ofnadwy.

"Beth?" meddai hi, ond roedd yr heliwr wedi troi ei gefn yn barod.

Edrychodd y siryf ar ei wraig ac yna ar ei ferch. Roedd llygaid Buddug yn llawn dagrau. Roedd hi'n caru ei thad yn fawr.

"Peidiwch â phoeni," meddai'r siryf wrthyn nhw. "Bydd popeth yn iawn."

Trodd Siwan at ei merch. "Bydd yr Arglwydd du Bois yn siŵr o anfon ei feddyg yma," meddai hi. "Rwy'n mynd i nôl lliain glân a dŵr ffres. Arhosa di gyda dy dad."

3.

Daeth y meddyg i dŷ'r siryf ymhen hanner awr. Hefin oedd ei enw ac roedd wedi dysgu ei grefft yng Nghymru, yn Lloegr ac ar y Cyfandir. Yn y castell roedd Hefin yn gofalu am yr Arglwydd du Bois a'r gweision i gyd ond roedd e'n rhoi triniaeth i bobl Caer Fynach hefyd pan oedden nhw'n sâl. Roedd yr Arglwydd du Bois yn teimlo'n gyfrifol am bawb oedd yn byw ac yn gweithio yn y dref.

Pan ddaeth y meddyg i mewn, gwelodd e Buddug yn clirio llestri o'r bwrdd. Trodd Hefin at ei mam a dweud, "Weithiau gall y driniaeth yma achosi poen i'r claf. Efallai bydd yn well i'r ferch … "

Roedd Siwan yn deall yn iawn. Teimlai Buddug yn ddigon nerfus yn barod.

"Buddug," meddai hi. "Aeth dy frawd allan y bore 'ma a dydy e ddim wedi dod yn ôl eto. Cer i chwilio amdano fe a dweud wrtho fe beth sy wedi digwydd i dy dad."

Ar ôl i'r ferch fynd allan aeth Hefin ar ei benliniau a rhedodd ei fysedd ar hyd coes y siryf.

"Pa ran sy'n brifo, John?" gofynnodd.

"Y droed," atebodd y siryf. "Rwy'n gallu symud fy nghoes."

"Fel roeddwn i'n meddwl," meddai Hefin, ar ôl ei archwilio'n ofalus. "Rydych chi wedi torri asgwrn bach yn eich troed. Rwy'n mynd i'ch helpu chi i godi a cherdded at y gwely. Yna bydd rhaid ichi orffwys am sbel – wythnos neu bythefnos efallai. Fel yna bydd yr asgwrn yn gwella heb angen triniaeth."

Awr yn ddiweddarach daeth ymwelydd arall i weld y siryf – yr Arglwydd du Bois ei hun. Roedd du Bois dros ei drigain oed, ond roedd e'n edrych yn ifancach na hynny. Dyn caredig oedd e. Yn ystod y Rhyfel Cartref roedd e wedi cefnogi'r senedd a'r Pengryniaid, ond doedd e ddim wedi troi ei gefn ar ei ffrindiau ymysg y Brenhinwyr.

Roedd rhai pobl yn dweud bod y Tywysog Siarl wedi cuddio yng nghastell yr Arglwydd du Bois am sbel ar ôl colli brwydr Caerwrangon naw mlynedd ynghynt yn 1651.

"John," gwaeddodd yr hen ddyn. "Wyt ti yn y gwely o

hyd? Rwyt ti'n mynd yn ddiog!"

Ceisiodd y siryf wenu ond roedd e mewn gormod o boen.

"Eisteddwch, syr," meddai Siwan yn barchus wrtho.

Eisteddodd yr ymwelydd ar gadair bren wrth ochr y gwely.

"Ble mae'r plant?" gofynnodd. "Ydyn nhw'n gwybod am y ddamwain?"

"Mae Buddug yn gwybod," atebodd Siwan. "Rwy wedi'i hanfon hi allan i chwilio am Arwel."

"Mae rhywbeth wedi digwydd yn ymyl yr hen fynachdy," meddai du Bois.

"Beth – damwain arall?" gofynnodd Siwan yn bryderus. Roedd hi'n dechrau poeni am Arwel.

"Wn i ddim," atebodd du Bois. "Anfonais i Eric, fy stiward, i weld. Dydy e ddim wedi dod yn ôl eto."

Roedd hi'n ddiwrnod braf ym mis Mai, ond er bod yr haul yn disgleirio ar y comin roedd Buddug yn dal i boeni am ei thad. Dyn iach, cryf oedd Siryf John a doedd y ferch erioed wedi'i weld e'n dost fel hyn.

Roedd grŵp o blant bach yn chwarae ar lan yr afon. Aeth Buddug i siarad â nhw a gofyn i ble roedd y plant hŷn wedi mynd.

"I'r coed," atebodd y plant bach mewn côr.

"Ble yn y coed?" gofynnodd Buddug.

"Yr hen fynachdy," atebodd un o'r bechgyn.

"Beth maen nhw'n ei wneud yno?" gofynnodd Buddug.

"Roedden nhw'n dilyn Eric, stiward y castell," atebodd bachgen arall. "Mae rhywun wedi dod o hyd i gorff yn y mynachdy!"

4.

Roedd Buddug yn gyfarwydd iawn â'r hen fynachdy. Dim ond adfeilion oedd ar ôl erbyn hyn ac roedd yn lle da i blant y dref chwarae pan oedd y tywydd yn braf.

Roedd y mynachod wedi gadael amser maith yn ôl, pan ffraeodd Harri'r Wythfed â'r Pab yn Rhufain. Byddai'r mynachod yn cynnig bwyd a gwely i deithwyr yn yr hen ddyddiau, ond heddiw roedd pobl yn cysgu yng nghysgod waliau'r mynachdy os nad oedd digon o arian ganddyn nhw i dalu am ystafell mewn tafarn.

Safai ffrindiau Buddug i gyd o flaen clwyd y mynachdy. Roedd gwas yr Arglwydd du Bois yn eu rhwystro nhw rhag mynd i mewn i'r gerddi.

"Arhoswch yma," meddai'r gwas. "Dydy Eric ddim eisiau i neb fynd i mewn."

Trodd Buddug at ei ffrindiau. Doedd hi ddim yn gallu gweld ei brawd yn unman.

"Ble mae Arwel?" gofynnodd hi.

Ddywedodd neb air, ond edrychodd rhai ohonyn nhw i fyny. Cododd Buddug ei phen hefyd a gweld ei brawd yn eistedd ar gangen derwen enfawr yn uchel yn yr awyr. Cododd Arwel fys at ei wefusau a gwenu arni. Roedd yn amlwg ei fod yn gallu gweld popeth oedd yn digwydd y tu ôl i'r waliau.

Erbyn hyn roedd Buddug yn teimlo'n hapusach. Roedd ei brawd yn dringo coed fel gwiwer ac fe wyddai hi nad oedd e mewn unrhyw berygl. Roedd hi'n edrych ymlaen at siarad ag e a chlywed y stori i gyd ganddo.

O'r diwedd daeth hanner dwsin o ddynion allan drwy'r glwyd yn cario corff wedi'i orchuddio â blanced wlân. Roedd Eric y stiward ac Awstin, ei ddirprwy, yn arwain y grŵp. Pan welodd e Buddug, trodd Eric ati hi a gofyn:

"Ble mae dy dad? Mae digon 'da fi i'w wneud yn y castell heb i fi orfod gwneud gwaith y siryf hefyd."

Roedd llais y stiward yn llym; doedd Eric a Siryf John ddim yn cyd-dynnu'n dda.

"Mae fy nhad yn y tŷ," atebodd y ferch. "Aeth e i hela y bore 'ma ac fe gafodd e ddamwain. Dydy e ddim yn gallu cerdded. Mae'r Arglwydd du Bois wedi anfon ei feddyg i ofalu amdano fe."

Pan oedd y dynion a'r plant wedi diflannu i gyfeiriad y dref daeth Arwel i lawr o'r dderwen.

"Roedd Eric mewn hwyliau drwg, on'd oedd e?"

meddai wrth ei chwaer.

"Oedd, fel arfer," atebodd Buddug. "Mae e'n ddiog iawn. Dydy e ddim yn hoffi gwaith caled."

"Mae 'na reswm arall am ei dymer ddrwg," meddai Arwel.

"Oes 'na? Beth, felly?"

"Fe welais i bopeth o'r dderwen," meddai'r bachgen. "Roedd Eric ar ei ben ei hun gyda'r corff am sbel."

"Beth wnaeth e?" gofynnodd ei chwaer.

"Aeth e drwy bocedi'r dieithryn," meddai Arwel. "Roedd e'n chwilio am arian, ond methodd e ffeindio dim byd – dim ond darn bach o bapur. Roedd Eric yn siomedig iawn. Fe glywais i fe'n rhegi … "

Pan gyrhaeddodd y ddau blentyn gartref roedd eu tad yn dal yn y gwely, ond roedd e'n teimlo'n well.

"Mae'r meddyg 'na yn fendigedig," meddai wrthyn nhw. "Mae e wedi rhoi moddion i fi sy'n lladd y boen."

"Wyt ti wedi ceisio cerdded eto?" gofynnodd Arwel.

"Gan bwyll, Arwel," meddai ei fam. "Dydy'r meddyg ddim yn gallu gwneud gwyrthiau. Mae dy dad wedi torri asgwrn yn ei droed. Fydd e ddim yn gallu cerdded yn bell am wythnosau."

"Wel, am ddyddiau o leiaf," meddai John yn obeithiol. "Gyda llaw, Arwel, rwyt ti wedi bod allan am oriau. Wyt ti'n gwybod beth sy wedi digwydd yn ymyl yr hen fynachdy?"

"Ydw, Dad," atebodd y bachgen yn gyffrous. "Roedd 'na …"

"Gad i fi ddweud y stori wrthot ti, Dad," meddai Buddug yn gyflym. "Rwyt ti'n gwybod sut mae Arwel yn gorliwio popeth!"

5.

Doedd plant y siryf ddim yn gwybod y ffeithiau i gyd. Doedden nhw ddim yn gwybod bod y dieithryn wedi cael ei lofruddio.

Aeth Eric ac Awstin â'r corff i'r castell. Pan glywodd yr Arglwydd du Bois fod y dieithryn yn gwisgo dillad ffein o dan ei fantell, gorchmynnodd i'w stiward ddod â'r corff i mewn i gapel teulu du Bois yng ngerddi'r castell.

"Mae'n rhaid inni gladdu'r corff ym mynwent y dref," meddai. "Gyda llaw, sut bu e farw?"

"Fe gafodd ei ladd gan ddagr neu gyllell," atebodd Eric.

"Llofruddiaeth," ochneidiodd yr hen arglwydd. "Mae hynny'n ofnadwy!"

"Roedd nifer o anafiadau ar ei gorff," ychwanegodd Awstin.

Siglodd yr Arglwydd du Bois ei ben yn drist.

"Trueni fod y siryf yn dost," meddai. "Pwy fydd yn

chwilio am y llofrudd nawr?"

Roedd Eric yn awyddus i blesio'r arglwydd.

"Fi, syr," atebodd heb betruso. "Os nad ydy'r siryf yn gallu gadael y tŷ, rwy'n barod i wneud ei waith am y tro."

Allai Awstin ddim peidio â gwenu. Roedd e wedi clywed Eric yn cwyno wrth ferch y siryf gynnau fach, ond nawr roedd e wedi newid ei farn. Crafwr wyt ti, Eric, meddyliodd Awstin.

Rhwbiodd yr Arglwydd du Bois ei ên wrth ystyried cynnig ei stiward.

"O'r gorau, Eric," meddai o'r diwedd. "A bydd Awstin yn gwneud dy waith di yma yn y castell."

Ond roedd Eric yn ddyn cyfrwys. Doedd e ddim eisiau colli rheolaeth ar y castell.

"Bydd fy ngwraig i'n gallu cymryd fy lle fel stiward, syr," meddai'n gyflym. "Bydda i angen help Awstin yn y dref."

Roedd yr Arglwydd du Bois yn rhy hen i boeni am fanylion. Nodiodd ei ben ac aeth Eric i ffwrdd yn hapus.

Dechreuodd Eric ac Awstin ar eu gwaith yr un prynhawn. Penderfynon nhw ymweld â thafarndai Caer Fynach a holi hynt y dieithryn.

"Fe af i i dafarndai'r heol fawr," meddai'r stiward wrth ei ddirprwy. "Rydw i eisiau i ti fynd o gwmpas y tafarndai yn y strydoedd cefn."

Cafodd Awstin y newyddion cyntaf mewn tafarn fach front nid nepell o glwyd ddwyreiniol y dref.

"Roedd dieithryn yma neithiwr," meddai'r tafarnwr wrtho fe. "Daeth e drwy'r drws wrth i'r storm dorri. Roedd ei fantell yn wlyb ac aeth i eistedd yn ymyl y tân."

"Am faint roedd e yma?" gofynnodd Awstin.

"Am awr o leiaf," atebodd y tafarnwr. "Roedd e eisiau bwyd. Fe roddais i gig dafad iddo, ac fe yfodd e gwpanaid o ddŵr."

"Pa fath o ddillad roedd e'n eu gwisgo?" gofynnodd Awstin.

"Mantell dywyll," meddai'r tafarnwr. "Thynnodd e mo'r fantell, er ei bod hi'n wlyb."

"Cymro oedd e?"

"Nage," atebodd y tafarnwr. "Roedd e'n siarad â fi yn Saesneg."

"Oedd y dieithryn ar ei ben ei hun?" gofynnodd Awstin.

"Daeth e i mewn i'r dafarn ar ei ben ei hun," meddai'r tafarnwr. "Ond yna ... Ydych chi'n nabod Ianto a Guto?"

"Ydw."

"Fe ddaethon nhw i mewn tra oedd y dieithryn yn bwyta. Cyn bo hir roedden nhw'n eistedd wrth yr un bwrdd ag ef, ac roedd e'n prynu seidr iddyn nhw. Mae Ianto'n siarad Saesneg yn rhugl. Mae e wedi treulio hanner ei fywyd yng ngharchardai Lloegr!"

"Am beth roedden nhw'n siarad?"

"Wn i ddim," atebodd y tafarnwr. "Roeddwn i'n rhy brysur yn paratoi bwyd. Dim ond fi sy'n gweithio yma."

"Adawon nhw'r dafarn gyda'i gilydd?" gofynnodd Awstin.

"Mwy na thebyg," atebodd y dyn. "Talodd y Sais am y bwyd a'r seidr ac fe gliriais i'r llestri. Pan ddes i'n ôl, roedd eu bwrdd nhw'n wag. Roedden nhw wedi mynd heb ddweud gair."

"Oes unrhyw newyddion, Awstin?"

Trodd Awstin ei ben a gweld Eric yn sefyll wrth ddrws y dafarn.

"Oes," atebodd e. "Yn ôl y dyn 'ma roedd y dieithryn yma neithiwr. Sais oedd e ac roedd e mewn cwmni da – roedd e'n yfed gyda Ianto a Guto!"

"Ydych chi'n gwybod lle mae'r ddau yn byw?" gofynnodd Eric i'r tafarnwr.

"Dydw i ddim yn siŵr am Ianto," meddai'r tafarnwr. "Ond mae Guto'n byw yn stryd y Ceffyl Gwyn, yn y trydydd tŷ ar y chwith. Roedd fy mrawd a'i deulu yn byw yno o'r blaen ond symudon nhw allan achos bod y tŷ'n llawn o lygod mawr!"

Doedd stryd y Ceffyl Gwyn ddim yn bell i ffwrdd. Stryd gul, front oedd hi lle roedd pobl dlotaf Gaer Fynach yn byw. Aeth Eric at ddrws y trydydd tŷ a churodd arno'n drwm. Doedd dim ateb, felly cododd y stiward ei droed a chicio'r drws i mewn.

Er bod yr ystafell yn dywyll roedden nhw'n gallu gweld dyn yn gorwedd ar wely yng nghornel yr ystafell. Aeth Eric ato a gwelodd fod llygaid y dyn yn goch a'i wyneb yn welw.

"Wel, wel, Guto," meddai. "Dwyt ti ddim wedi codi eto? Rwyt ti wedi colli rhan orau'r diwrnod."

Cododd Guto'n araf o'r gwely a dechreuodd besychu.

"Rydw i wedi bod yn sâl," meddai. "Mae pen tost 'da fi. Fe yfais i ormod o seidr neithiwr."

"Rwy'n gwybod," meddai Eric. "Roeddet ti'n yfed gyda dieithryn ac fe dalodd e am bopeth, on'd do fe?"

"Pwy oedd y dieithryn?" gofynnodd Awstin. "Beth oedd e'n ei wneud yma yng Nghaer Fynach?"

Eisteddodd Guto ar y gwely. Doedd e ddim yn gallu sefyll ar ei draed.

"Wn i ddim," atebodd gan rwbio'i dalcen. "Ianto oedd yn siarad ag e. Roedden nhw'n siarad Saesneg. Dydw i ddim yn siarad Saesneg yn dda. Doeddwn i ddim yn cymryd llawer o ddiddordeb yn eu sgwrs nhw."

Roedd Guto'n teimlo'n nerfus erbyn hyn.

Estynnodd Eric ei law a gafael ym mraich Guto. "Pwy laddodd y dieithryn?" gwaeddodd e. "Ti neu Ianto?"

Dechreuodd Guto grynu fel deilen. "Nid fi," protestiodd. Roedd chwys yn rhedeg i lawr ei fochau. "Gadawon ni'r dafarn gyda'n gilydd ond arhosais i ddim gyda nhw. Aeth Ianto â'r Sais adref gyda fe. Roedd y Sais yn chwilio am rywle i dreulio'r noson."

"Mae Ianto'n garedig iawn," meddai Awstin.

"Roedd pwrs y dyn yn llawn o arian," meddai Guto. "Ac roedden ni wedi yfed llawer."

"Ble mae Ianto'n byw?" gofynnodd Awstin.

"Mewn bwthyn bach ar y ffordd i'r hen fynachdy," atebodd Guto.

Trodd Awstin at Eric.

"Gad inni fynd i siarad ag e," awgrymodd.

Ond roedd y stiward yn meddwl yn gyflym. Doedd Ianto ddim wedi mynd â'r Sais i'r bwthyn ond, yn hytrach, i adfeilion y mynachdy. Roedd e wedi'i ladd e a dwyn ei arian. Penderfynodd Eric ymweld â Ianto ar ei ben ei hun. Doedd e ddim eisiau i Awstin ymyrryd yn ei fusnes.

Trodd at ei ddirprwy a dweud, "Cer yn ôl i'r castell a rhoi'r newyddion i'r Arglwydd du Bois. Mae hi'n mynd yn hwyr a bydd e'n poeni amdanon ni."

"Iawn," meddai Awstin.

Ond roedd Awstin wedi bod yn meddwl hefyd. Doedd e ddim yn ymddiried yn Eric. Roedd Guto wedi sôn am arian ac roedd Eric yn ddyn trachwantus. Penderfynodd Awstin gadw llygad ar Eric.

6.

Roedd y castell yn lle prysur yn ystod y pnawn a'r hwyr. Tra oedd Eric ac Awstin yn crwydro strydoedd Caer Fynach, roedd gweision yr Arglwydd du Bois yn mynd o dŷ i dŷ, o fwthyn i fwthyn, yn gofyn i drigolion y dref ddod i gapel y castell i edrych ar gorff y dieithryn.

"Mae'r Arglwydd du Bois eisiau siarad â phobl oedd yn nabod y dieithryn," meddai'r gweision. "Pe baen ni'n gwybod pwy oedd e, fe fydden ni'n nes at wybod pam y cafodd ei ladd."

Roedd corff y dieithryn yn gorwedd mewn arch agored o flaen allor y capel. Daeth llawer o bobl i weld y corff yn ystod y pnawn, ond doedd neb yn ei nabod e. Roedd yr Arglwydd du Bois yn eistedd ar gadair yn ymyl yr arch. Roedd e'n gofyn yr un cwestiwn i bob ymwelydd, ond yn ofer.

Gyda'r hwyr cyneuodd un o'r gweision gylch o ganhwyllau o gwmpas yr arch. Roedd yr hen arglwydd bron â chysgu erbyn hyn. Yna daeth gwraig ganol oed i mewn i'r capel. Petrusodd am foment wrth y drws.

"Dewch i mewn," meddai du Bois wrthi hi. "Does dim rhaid ichi deimlo'n ofnus."

Cerddodd y wraig at yr arch ac edrych ar y corff. Yn sydyn trodd ei hwyneb yn wyn ac aeth ei choesau'n wan. Bu'n rhaid iddi hi bwyso ar ochr yr arch am rai eiliadau.

Cododd du Bois o'i gadair. "Beth sy'n bod?" gofynnodd i'r wraig. "Ydych chi'n ei nabod e?"

Trodd hi a syllu arno. "Na … Nac ydw. Esgusodwch fi, syr, ond dydw i ddim yn teimlo'n rhy dda. Sioc, mae'n siŵr." A throdd a cherdded i ffwrdd yn gyflym.

"Pwy ydy'r wraig 'na?" gofynnodd yr arglwydd i'r gwas, ar ôl iddi hi fynd.

"Mererid ydy ei henw hi, syr," atebodd y gwas. "Mae hi'n byw mewn bwthyn bach ar lan yr afon, rhyw chwarter milltir o'r felin."

"Mererid!" meddai'r Arglwydd du Bois. "Rwy'n cofio'r enw."

"Cafodd hi ei geni yn yr ardal 'ma," meddai'r gwas. "Priododd â bachgen o Eryri ac aethon nhw i Loegr i fyw. Cafodd ei gŵr ei ladd yn ystod y Rhyfel Cartref ac fe benderfynodd hi ddod yn ôl i Gymru i fyw. Daeth ei mab gyda hi hefyd. Rhodri ydy ei enw e – mae e'n fud a byddar."

"A, rwy'n cofio nawr," meddai du Bois.

"Erbyn hyn mae Rhodri yn un ar bymtheg oed. Bydd e'n gweithio yn y felin os bydd un o'r gweithwyr yn sâl, ac mae'n helpu'r saer a'r gof pan maen nhw'n brysur," meddai'r gwas.

"Dydy e ddim yn siarad o gwbl?" gofynnodd yr hen ŵr.

"Nac ydy," atebodd y gwas. "Yr un gair."

Trodd yr arglwydd ei lygaid yn ôl at yr arch. Roedd ei feddwl yn llawn o atgofion trist. Roedd cyrff ei wraig a'i dri phlentyn wedi gorwedd fel hyn o flaen yr allor. O leiaf, Mererid, meddyliodd e, mae plentyn ar ôl gyda chi.

7.

Aeth Eric ddim yn syth at fwthyn Ianto. Roedd yn well ganddo aros iddi nosi.

Roedd y lleuad wedi codi pan aeth y stiward drwy glwyd y dref. Yna croesodd y comin i gyfeiriad yr hen fynachdy. Roedd popeth yn dawel a'r awyr yn glir. Llosgai cannwyll yn ffenestr yr hen fwthyn lle roedd Ianto'n byw. Aeth Eric at yr adeilad yn ofalus. Doedd e ddim eisiau i Ianto ei glywed e'n dod. Cododd ar flaenau ei draed ac edrych trwy'r ffenestr. Roedd yn amlwg nad oedd Ianto'n disgwyl neb; roedd e'n eistedd wrth fwrdd yng nghanol yr ystafell yn tynnu darnau arian ac aur allan o sach fechan.

Roedd Eric wedi gweld digon. Aeth at ddrws y bwthyn a churo arno'n dawel. Bu distawrwydd am foment. Yna, gwaeddodd Ianto, "Pwy sy 'na?"

Atebodd Eric ddim. Curodd eto ar y drws. Gallai glywed metel yn tincial a sŵn Ianto'n symud o gwmpas yr ystafell. Yna, o'r diwedd, daeth Ianto ac agor y drws.

"Eric!" meddai'n syn. "Os ydych chi'n chwilio am Guto, dydy e ddim yn byw yma. Mae'n byw yn y dref."

Gwenodd Eric arno fel hen ffrind.

"Guto," meddai. "Pam Guto?"

"Wel, rwy'n gwybod eich bod chi'n gwneud busnes gyda Guto o bryd i'w gilydd," atebodd Ianto. "Wel, dyna beth mae e'n dweud, o leiaf!"

"Mae Guto'n siarad gormod," meddai'r stiward yn llym. "Nawr, gaf i ddod i mewn?"

Gwthiodd heibio i Ianto ac edrych o gwmpas yr ystafell. Roedd y sach, a'r arian, wedi diflannu.

"Fel roeddwn i'n dweud," meddai Eric, a'i lais yn oeraidd erbyn hyn, "mae Guto'n siarad gormod. Gynnau fach roedd e'n sôn am ddieithryn oedd yn yfed gyda chi yn y dafarn neithiwr."

Ddywedodd Ianto ddim gair, felly aeth y stiward yn ei flaen.

"Yn ôl Guto, fe ddaeth y dieithryn yma gyda ti ar ôl bod yn y dafarn."

Siglodd Ianto ei ben. "Doedd neb yma neithiwr, Eric," meddai. "Roedd Guto wedi meddwi."

"A'r tafarnwr hefyd?" meddai Eric. "Achos mae e'n dweud yr un stori â Guto."

Cododd Ianto ei ysgwyddau. "O'r gorau," meddai. "Roedd dieithryn gyda ni yn y dafarn. Ond ddaeth e ddim yma. Aeth e i ffwrdd ar ei ben ei hun, neu gyda Guto efallai. Wn i ddim. Roeddwn i wedi bod yn yfed hefyd."

Yn sydyn trodd Eric a syllu ar y bwrdd yng nghanol yr ystafell. Am eiliad, meddyliodd Ianto ei fod wedi gadael darn arian ar y bwrdd. Trodd i weld beth oedd wedi tynnu sylw'r ymwelydd a chwympodd i mewn i'r fagl. Taflodd Eric ei fraich o gwmpas gwddf Ianto a dechrau ei dagu.

"Gwranda, Ianto," meddai Eric. "Rydw i eisiau rhannu'r arian gyda ti, fel rydw i'n rhannu pethau gyda Guto. Fe leddaist ti'r dieithryn neithiwr, ond does dim ots 'da fi. Fydda i ddim yn dweud gair wrth neb, os byddi di'n rhoi cyfran o'r arian i fi. Felly mae dewis syml 'da ti: marw neu fyw."

Llaciodd ei fraich ychydig. Roedd wyneb Ianto'n goch.

"Iawn," meddai Ianto gan anadlu'n drwm. "Gollynga fi, ac fe ddywedaf y cyfan ..."

Gwthiodd Eric e yn erbyn y bwrdd trwm.

"Wel, ble mae'r arian?" gofynnodd.

"Yn y gornel," atebodd Ianto. "Rwy wedi'i guddio dan y gwellt. Rwy'n ddiolchgar i chi, Eric. Dydw i ddim eisiau cael fy nghrogi ar sgwâr y dref. Roeddech chi'n iawn am neithiwr, Eric. Roedd y dieithryn mor dwp ..."

"Cer i nôl yr arian," meddai Eric. "Dydw i ddim eisiau gwybod am neithiwr."

Dilynodd y stiward e i gornel yr ystafell. Aeth Ianto ar ei benliniau a rhoddodd ei ddwylo i mewn yn y gwellt.

"Mae'r arian yma'n rhywle, Eric," meddai. "Rydw i

wedi'i guddio'n ddwfn."

Aeth Eric yn agosach a gwelodd rywbeth yn fflachio yng ngolau'r gannwyll. Nid darn arian oedd e, ond cyllell! Chwifiodd Ianto y gyllell yn yr awyr, ond roedd Eric wedi neidio'n ôl a thynnu ei gleddyf hir.

"Roeddwn i'n disgwyl rhywbeth o'r fath, Ianto," meddai gan wenu'n oeraidd. "Roeddwn i'n disgwyl iti wneud rhywbeth ffôl!"

Y tu allan ar y comin roedd Awstin yn rhwbio'i ddwylo yn yr awyr oer. Yn sydyn clywodd e rywun yn sgrechian ym mwthyn Ianto. Peidiodd y sgrechian, ond arhosodd Awstin yn y tywyllwch heb fentro symud gewyn. Aeth munud neu ddau heibio ac yna cafodd golau'r gannwyll yn ffenestr y bwthyn ei ddiffodd.

8.

Roedd Buddug yn help mawr i'w mam yn y tŷ. Bob bore byddai'n mynd â bwced pren i'r felin i nôl blawd. Roedd Siwan yn defnyddio'r blawd i wneud bara a theisennau ar gyfer y teulu.

Roedd Buddug yn hoffi clywed sŵn yr olwyn fawr yn troi yn afon Gwy, ac wrth ei bodd yn sgwrsio â pherchennog a gweithwyr y felin hefyd ac yn enwedig â Rhodri, mab Mererid. Roedd Rhodri'n fud a byddar, ond roedd e'n gallu darllen gwefusau ac roedd e'n nodio neu'n ysgwyd ei ben i ddangos ei fod e'n deall popeth.

Roedd Rhodri'n fachgen tal, cryf a golygus a doedd neb yn cwyno am ei waith yn y felin. Doedd e ddim yn dod i mewn i'r dref yn aml. Roedd pobl ifainc Caer Felin yn hoffi cwrdd â'i gilydd ar sgwâr y dref, ond roedd yn well gan Rhodri aros gartref gyda'i fam. Weithiau roedd e'n dod gyda hi i'r ffair yn y gwanwyn a'r haf ond doedd e ddim yn cymryd rhan, hyd yn oed pan oedd y bobl yn dawnsio o gwmpas y fedwen Fai.

Weithiau, pan oedd Rhodri'n llenwi bwced Buddug â blawd, roedd eu llygaid nhw'n cwrdd a'u dwylo'n cyffwrdd ar ddolen y bwced. Teimlai Buddug ei bod hi'n syrthio mewn cariad â Rhodri, ond doedd hi ddim yn mentro dweud gair wrtho fe am ei theimladau.

Roedd Buddug ar ei ffordd yn ôl i'r tŷ pan gwrddodd â'i brawd Arwel gyda grŵp o fechgyn. Roedd y bechgyn yn cerdded i gyfeiriad yr afon ac roedd rhai ohonyn nhw'n cario gwiail pysgota hir. Arhosodd Arwel i gael gair â'i chwaer.

"Oedd Rhodri yn y felin y bore 'ma?" gofynnodd mewn llais diniwed.

"Rhodri? Nac oedd. Pam?"

"O, dim byd. Dim byd o gwbl," atebodd Arwel.

Yna chwarddodd un o'r bechgyn y tu ôl i Arwel yn uchel ac aeth wyneb y ferch yn goch. Roedd ei brawd yn amlwg wedi bod yn siarad amdani hi wrth ei ffrindiau.

Pan welodd Arwel lygaid Buddug yn fflachio roedd e'n gwybod ei fod wedi mynd yn rhy bell. Roedd yn awyddus i droi'r sgwrs.

"Mae Eric y stiward wedi dal y llofrudd," meddai Arwel yn gyflym.

"Beth?"

"Daliodd Eric y llofrudd neithiwr. Clywais i'r newyddion gynnau fach yn y dref."

"Pwy oedd y llofrudd?" gofynnodd Buddug.

"Ianto, ffrind Guto," atebodd ei brawd.

"Ble mae e nawr – yn y carchar?"

"Nage," meddai Arwel. "Pan aeth Eric ar ei ôl e, fe dynnodd Ianto ddagr. Ond roedd Eric yn cario cleddyf ac fe laddodd e Ianto yn yr unfan."

Tra oedd e'n siarad, roedd ei ffrindiau'n actio'r ddrama â gwiail pysgota yn lle cleddyfau. Pan symudodd y grŵp ymlaen dywedodd Buddug wrth ei brawd,

"Bydd yn ofalus wrth bysgota, Arwel. Mae'r afon yn llawn ar ôl y storm."

"Paid â phoeni, Buddug," atebodd y bachgen. "Rwyt ti'n gwybod fy mod i'n nofiwr da!"

Pan gyrhaeddodd Buddug adref clywodd hi lais Hefin trwy'r ffenestr agored. Roedd y meddyg wedi dod i weld sut roedd ei thad hi erbyn hyn.

"A, Buddug," meddai'r siryf pan ddaeth hi i mewn drwy'r drws. "Wyt ti wedi clywed y newyddion?"

Cyn i'r ferch allu agor ei cheg i ateb, dechreuodd Hefin adrodd y stori am y pumed neu'r chweched tro …

Am weddill yr wythnos roedd Eric yn cerdded trwy strydoedd Caer Fynach fel arwr. Roedd pawb yn ei longyfarch e a doedd dim rhaid iddo roi ei law yn ei bwrs yn y tafarndai.

Yna, un noson, ddaeth Eric ddim yn ôl i'r ystafell yn y castell lle roedd e'n byw. Fore trannoeth anfonodd yr Arglwydd du Bois ei weision o gwmpas y dref i chwilio amdano, am fod ei wraig yn poeni'n fawr am ei gŵr.

"Efallai bod Eric wedi meddwi neithiwr," meddai'r arglwydd dan chwerthin. "Mae e'n cysgu mewn tafarn yn rhywle."

Ond doedd Eric ddim wedi bod mewn unrhyw dafarn. Chwiliodd y gweision amdano yn y dref, y caeau a'r coed – ond yn ofer. Roedd stiward y castell wedi diflannu.

O'r diwedd daethon nhw o hyd i'w gorff yn afon Gwy, ddwy filltir o Gaer Fynach. Doedd Eric ddim wedi boddi yn nyfroedd yr afon. Roedd anaf cyllell yn ei gefn, yn agos at ei galon.

9.

"Rhaid inni wneud rhywbeth, John. Mae tri dyn wedi cael eu lladd mewn wythnos. Pwy fydd y nesaf, tybed?" meddai'r Arglwydd du Bois wrth y siryf.

"Wel, mae'n ddrwg gen i, syr," atebodd John. "Ond dydw i ddim yn gallu gadael y tŷ oherwydd fy anaf."

"Rwy'n deall hynny," meddai'r arglwydd. "Rydw i wedi penderfynu galw ar y fyddin am help."

"Y fyddin, syr?" meddai John.

"Ie. Y bore 'ma anfonais i neges i'r gwersyll yn Llwydlo. Rydw i wedi gofyn iddyn nhw anfon swyddog yma cyn gynted â phosibl."

Cyrhaeddodd y swyddog y dref ddydd Sul. Rhuthrodd y plant i gyd i groesawu'r dieithryn. Doedd y Pengrynion ddim yn dod i Gaer Fynach yn aml. Roedd clychau'r eglwys yn cyhoeddi'r gwasanaeth hwyrol pan ddisgynnodd y capten oddi ar ei geffyl o flaen clwyd y castell.

Drannoeth ymwelodd e â thŷ'r siryf.

"Capten Lake ydw i," meddai yn Saesneg wrth y siryf, gan fynd ato ac ysgwyd ei law.

Dyn bach cadarn, canol oed oedd Capten Lake, a golwg ddeallus arno.

"Mae problem 'da fi," meddai wrth y siryf.

"Problem – pa broblem?"

"Dydw i ddim yn siarad Cymraeg," atebodd y capten.

Nodiodd y siryf ei ben yn araf. "Roedd rhaid i fi ddysgu Cymraeg pan gwrddais i â'm gwraig Siwan," meddai. "Yma yn y tŷ rydyn ni'n arfer defnyddio'r ddwy iaith."

Roedd Buddug yn eistedd wrth ffenestr yn gwnïo. Edrychodd Lake arni hi.

"Felly mae eich merch chi'n ddwyieithog," meddai'r milwr.

"Buddug? Ydy," atebodd John. "A'i brawd Arwel hefyd."

"Beth ydy oedran eich mab?" gofynnodd Capten Lake.

"Deuddeg," atebodd y siryf.

"Dim ond deuddeg," meddai Lake. "Dyna drueni."

Syllodd Buddug ar yr ymwelydd. "Pam, syr?" gofynnodd hi.

"Rwy'n chwilio am rywun i gyfieithu i fi tra bydda i yma," eglurodd y capten.

"Wel, mae llawer o bobl yn deall Saesneg yn y dref," meddai'r ferch.

"Rwy'n chwilio am rywun dibynadwy," meddai Lake. "Rhywun sy'n gallu cadw cyfrinach. Bydd y fyddin yn barod i dalu'n hael i rywun fel yna."

Edrychodd Buddug ar ei thad. Roedd y siryf yn gallu darllen meddwl ei ferch yn dda.

"Mae Buddug eisiau eich helpu chi, Capten," meddai

dan wenu. "Mae hi'n ddibynadwy, a chlyfar hefyd. Ond peidiwch â'i rhoi hi mewn unrhyw berygl."

"Diolch, syr," atebodd Lake. "Peidiwch â phoeni. Fe wna i ofalu amdani."

Penderfynodd Capten Lake fynd â Buddug i weld Ceinwen, gweddw Eric.

Roedd Ceinwen yn aros amdanyn nhw yn yr ystafell roedd hi'n arfer ei rhannu gyda'i gŵr. Teimlai ychydig yn fwy hapus wrth iddi hi weld Buddug yn dod i mewn gyda'r milwr.

"O, Buddug," meddai hi gan godi ar ei thraed. "Diolch i ti am y blodau."

Gadawodd Capten Lake iddyn nhw siarad â'i gilydd am rai munudau. Roedd yn amlwg fod presenoldeb merch y siryf yn helpu Ceinwen i ymlacio. Yna trodd Buddug at y milwr.

"Mae Ceinwen yn barod i ateb eich cwestiynau nawr," meddai hi. "Bydda i'n cyfieithu ichi."

Eisteddodd Lake gyferbyn â gweddw'r stiward.

"Ble aeth eich gŵr chi y noson y cafodd ei ladd?" gofynnodd.

"Wn i ddim," atebodd Ceinwen. "Doedd y tywydd ddim yn rhy dda, ond roedd Eric am fynd allan beth bynnag. Roedd e'n mynd allan bob nos – i'r dafarn fel arfer. Roedd e'n hoffi cadw mewn cysylltiad â phobl y dref."

"Oedd e'n arfer dod adref yn hwyr?" gofynnodd y milwr.

"Oedd, yn hwyr iawn weithiau. Dyna pam es i i'r gwely heb boeni amdano. Ond pan godais i yn y bore, doedd e ddim wedi dod yn ôl i'r castell."

"Oedd gelynion ganddo?" gofynnodd Lake yn sydyn.

Petrusodd y wraig am eiliad. Yna tynnodd hi ddarn o bapur o'i phoced.

"Roedd Eric yn cadw rhestr o enwau yn ei ddesg," meddai hi. "Roedd e'n arfer dweud wrtho i y byddai pob person ar y rhestr 'ma yn hapus i'w weld e yn ei fedd!"

10.

Ar ôl siarad â Ceinwen, aeth Lake a Buddug i weld yr Arglwydd du Bois.

"A, Capten," meddai'r hen arglwydd wrth y milwr. "Ydy'ch ystafell chi'n ddigon cyfforddus?"

Roedd yr arglwydd wedi trefnu iddo gael aros yn y castell.

"Ydy diolch, syr," atebodd y swyddog. "Fe gysgais i'n dda. Gyda llaw, ydych chi'n nabod y ferch yma sy'n gweithio gyda fi?"

"Wrth gwrs," meddai du Bois dan wenu. "Rwy'n

nabod Buddug yn dda. Mae ei thad, John, yn ffrind mawr i fi."

Tynnodd Lake ddarn o bapur o'i boced. "Dyma restr o enwau roddodd Ceinwen i fi, syr," meddai. "Ydych chi'n gwybod am unrhyw gysylltiad rhwng y bobl hyn ac Eric?"

Astudiodd yr arglwydd y rhestr am foment.

"Mae'r mwyafrif ohonyn nhw'n fasnachwyr yn y dref," meddai wrth y capten. "Maen nhw'n dod â nwyddau i'r castell ac mae rhai ohonyn nhw'n talu rhent i fi hefyd."

"Nid masnachwyr ydyn nhw i gyd felly," meddai'r milwr.

"Nage, nid pawb," atebodd du Bois. "Mae enw Guto ar y rhestr, ond dydy e byth yn dod i'r castell. Dihiryn ydy e!"

"Beth am Montague?" gofynnodd Buddug yn sydyn. "Mae ei enw e ar y rhestr."

"Dydw i ddim yn nabod Montague yn dda," atebodd du Bois gan grafu ei ên. "Daeth e i Gaer Fynach yn ystod y Rhyfel Cartref ac fe brynodd ffermdy bach ar lan yr afon. Mae e'n cadw ieir a hwyaid ac yn gwerthu'r wyau yn y farchnad, on'd ydy e, Buddug?"

"Ydy," atebodd y ferch gan nodio'i phen.

"Ond roedd Eric yn ei nabod e," meddai Lake. "Mae ei enw ar y rhestr."

Cododd yr hen arglwydd ei ysgwyddau.

"Siŵr o fod," atebodd. "Ond roedd fy hen stiward yn nabod llawer o bobl yn yr ardal."

Trodd yr hen ddyn at y drws.

"Awstin," gwaeddodd. "Dere 'ma!"

Daeth Awstin i mewn i'r ystafell ar unwaith, fel pe bai e wedi bod yn aros y tu allan i'r drws.

"Edrycha ar y papur 'ma," gorchmynnodd yr Arglwydd du Bois. "Oedd Eric wedi cael trafferth gyda'r bobl ar y rhestr?"

Astudiodd Awstin y rhestr yn ofalus gan ddysgu pob enw ar ei gof.

"Nac oedd, syr," meddai o'r diwedd. "Roedd pawb yn hoffi Eric."

"Awstin ydy stiward newydd y castell," eglurodd yr arglwydd. "Roeddwn i'n dibynnu ar Eric am bopeth, felly roedd rhaid i rywun gymryd ei le fe ar unwaith."

"Beth am Ceinwen?" gofynnodd Buddug yn sydyn. "Fydd hi'n cael aros yn y castell?"

"Dydw i ddim wedi penderfynu eto," atebodd yr hen ŵr. "Ond paid â phoeni, Buddug. Dydy'r Arglwydd du Bois ddim yn taflu neb allan ar y stryd."

Treuliodd Capten Lake a Buddug weddill y pnawn yn mynd o siop i siop yn y dref, yn siarad â'r masnachwyr ar restr Eric. Roedd pob masnachwr yn rhoi'r un ateb iddyn nhw. Roedd Eric yn arfer dod i'r siop unwaith yr wythnos i gasglu'r rhent ac i archebu nwyddau i'r castell. Pan ddaeth Lake a Buddug allan o'r siop olaf, trodd y ferch at y milwr a dweud: "Maen nhw i gyd yn dweud yr un stori, Capten."

Rhwbiodd y swyddog ei ên. "Ydyn, Buddug," cytunodd. "Ac maen nhw i gyd yn dweud celwydd!"

11.

Roedd Siwan, mam Buddug, wedi gwahodd Capten Lake i gael swper gyda'r teulu. Erbyn hyn roedd John y siryf yn gallu symud o gwmpas y tŷ ond roedd ei droed yn boenus o hyd.

Roedd Arwel yn edrych ymlaen at gwrdd â'r milwr. Teimlai'n eiddigeddus iawn o'i chwaer, am fod Buddug wedi cael ei dewis i helpu'r swyddog â'i waith yn y dref. Roedd Arwel yn gobeithio cael cyfle i helpu Lake hefyd.

Tynnodd Capten Lake ei helmed cyn dod i mewn i'r tŷ a synnodd Arwel i weld pa mor fyr oedd ei wallt. Roedd ei ddillad yn syml a phlaen a phan oedd yn siarad roedd ei lais yn ddwfn a difrifol.

Roedd Siwan wedi cynnau cannwyll fawr yng nghanol y bwrdd ac wedi paratoi swper o gig dafad, tatws a llysiau. Roedd ei gŵr John yn awyddus i ddysgu am y sefyllfa yn Llundain.

"Mae newyddion yn cymryd amser i gyrraedd Caer Fynach," meddai wrth y milwr. "Beth sy'n digwydd yn Lloegr, ac yn enwedig yn y brifddinas?"

Daeth yr ateb fel sioc iddo.

"Mae pobl Llundain wedi cael llond bol o'r senedd a'r fyddin," meddai Lake yn blwmp ac yn blaen. "Maen nhw eisiau i'r Tywysog Siarl ddod yn ôl o Ffrainc."

Petrusodd Siwan cyn gofyn cwestiwn arall.

"Fel … fel brenin?" gofynnodd hi.

"Ie, fel brenin. Mae Siarl yn boblogaidd iawn. Dyn dymunol ydy e. Mae e'n hoffi canu a dawnsio. Roedd y wlad yn drist am amser hir dan reolaeth Cromwell, ac mae'r bobl eisiau mwynhau eu hunain eto fel yn yr hen ddyddiau."

Doedd y siryf ddim yn disgwyl clywed un o'r Pengrynion yn siarad fel hyn.

"Oes yna filwyr eraill sy'n meddwl fel chi, Capten?" gofynnodd.

"Oes, llawer," atebodd y swyddog. "Ac yn enwedig y Cadfridog Monck sydd yn Llundain ar hyn o bryd."

"Ond beth am yr Aelodau Seneddol?" meddai Siwan. "Maen nhw'n meddwl bod y Tywysog Siarl yn benwan!"

"Dydy'r senedd ddim yn cyfrif," atebodd Lake. "Os bydd y fyddin yn cefnogi Siarl, fe fydd brenin newydd gennym ni cyn diwedd yr haf."

Tra oedd John a Siwan yn meddwl am eiriau'r milwr, gofynnodd Arwel yn sydyn, "Gymeroch chi ran yn y Rhyfel Cartref, syr?"

Trodd Lake ato.

"Do," meddai. "Ond wrth gwrs, doeddwn i ddim yn cefnogi'r teulu brenhinol bryd hynny. Roeddwn i'n cefnogi Cromwell a'r senedd. Fe gymerais i ran ym mrwydr olaf y rhyfel, brwydr Caerwrangon, naw mlynedd yn ôl. Bu farw Iarll Banbury yn y frwydr yna a bu'n rhaid i'r tywysog Siarl ffoi am ei fywyd."

"Stori drist ydy hi," meddai'r siryf. "Rydw i wedi clywed taw dyn ffein oedd Banbury ... er ei fod e'n cefnogi'r Brenhinwyr," ychwanegodd yn gyflym.

"Rydych chi'n iawn," cytunodd y milwr. "Ac mae gweddill y stori yn dristach fyth. Fe redodd gwraig yr iarll i ffwrdd i Lundain ar ôl y frwydr. Fe aeth hi â'i mab ifanc gyda hi. Yn anffodus, fe gafodd y bachgen ei foddi mewn damwain ar afon Tafwys yn ystod y daith."

"Druan ohono," meddai Buddug yn dawel.

"Wel, pwy sy'n byw yng nghastell Banbury nawr?" gofynnodd Siwan.

"Aelod Seneddol," meddai Capten Lake. "A does gan y Fonesig Banbury ddim mab i hawlio'r castell yn ôl."

Sylwodd y milwr fod Arwel yn syllu arno.

"Oeddech chi yno pan dorron nhw ben yr hen frenin?" gofynnodd y bachgen.

"Oeddwn," atebodd Lake.

"Oedd llawer o waed?" Roedd llygaid Arwel yn disgleirio.

"Arwel," meddai ei fam yn llym. "Paid â gofyn cwestiynau twp! Nawr, helpa fi i gasglu'r llestri."

Tra oedden nhw'n clirio'r llestri, trodd y siryf at yr ymwelydd.

"Ydy fy merch i wedi bod yn ddefnyddiol ichi heddiw, Capten?" gofynnodd.

"Ydy wir," meddai'r milwr. "Dydy Ceinwen ddim yn siarad Saesneg o gwbl. Ac yfory fe fyddwn ni'n ymweld â Montague a Guto."

"Os ydych chi'n mynd i weld Montague, fe fydd rhaid ichi fynd heibio i'r felin lle mae Rhodri'n gweithio," meddai'r siryf gan wincio'n ddireidus.

"Pwy ydy Rhodri?" gofynnodd y swyddog. Roedd Buddug wedi gostwng ei llygaid.

"Mab Mererid," atebodd y siryf. "Mae … "

Ond roedd Siwan wedi clywed geiriau ei gŵr.

"John," meddai hi. "Paid â thynnu coes dy ferch. Weithiau rwyt ti mor blentynnaidd ag Arwel!"

12.

Fore trannoeth cwrddodd Buddug â'r capten yn sgwâr y farchnad yng nghanol y dref.

"Ble rydyn ni'n mynd gyntaf?" gofynnodd y ferch.

"I weld Guto," atebodd Capten Lake. "Wyt ti'n gwybod ble mae e'n byw?"

"Ydw," meddai Buddug. "Dilynwch fi."

Aethon nhw drwy strydoedd cul y dref. Roedd yr haul yn disgleirio a'r gwragedd yn hongian dillad gwlyb o'r ffenestri i'w sychu. Chwaraeai plant bach noeth yn y baw o flaen y tai.

"Dyma dŷ Guto," meddai'r ferch o'r diwedd.

Curodd y swyddog yn drwm ar y drws ffrynt. Dim ateb. Curodd eto ac agorodd ffenestr mewn tŷ ar ochr arall y stryd. Ymddangosodd wyneb gwraig yn y ffenestr.

"Beth ydych chi eisiau?" gofynnodd hi'n llym.

"Rydyn ni'n chwilio am Guto," atebodd Buddug.

"Dydy e ddim i mewn," atebodd y wraig. "Dydy e ddim wedi dod adref eto."

Doedd Buddug ddim yn deall. Oedd Guto'n gweithio'r nos?

"Sut rydych chi'n gwybod hynny?" gofynnodd Buddug i'r wraig.

"Achos chwaer Guto ydw i," atebodd y wraig ac yna caeodd hi'r ffenestr â chlep.

Esboniodd y ferch y sefyllfa wrth y capten.

"Dim ots," atebodd. "Ydy tŷ Montague yn bell?"

"Nac ydy," atebodd Buddug. "Llai na milltir. Mae'n rhaid dilyn yr afon heibio i'r felin a bwthyn Mererid a Rhodri."

Roedd afon Gwy yn llawn ar ôl glaw'r gwanwyn, a'r caeau a'r comin yn edrych yn wyrdd iawn yn yr haul.

"Mae'n anodd credu bod tri dyn wedi cael eu lladd yn yr ardal hyfryd yma yn ddiweddar," meddai Capten Lake yn sydyn.

"Ydy," cytunodd y ferch. "Ac fel dywedodd yr Arglwydd du Bois wrth fy nhad i: pwy fydd y nesaf?"

Cafodd Buddug siom pan gyrhaeddon nhw'r felin. Doedd Rhodri ddim yno. Roedd y milwr yn deall teimladau'r ferch yn dda.

"Wyt ti am ymweld â'th ffrindiau Mererid a Rhodri?" gofynnodd iddi.

"Oes amser 'da ni?" gofynnodd Buddug yn obeithiol.

"Wrth gwrs," atebodd y capten dan wenu. "Efallai y byddan nhw'n gallu'n helpu ni."

Rhwbiodd Mererid ei dwylo'n nerfus pan welodd hi Buddug a'r milwr wrth y drws.

"Dewch i mewn," meddai wrthyn nhw. "Esgusodwch fi. Dydw i ddim wedi glanhau'r tŷ eto. Hoffech chi gwpanaid o ddŵr?"

Agorodd drws cefn y bwthyn a daeth Rhodri i mewn

o'r ardd. Syllodd Rhodri a Buddug ar ei gilydd a chochodd y ddau ohonyn nhw.

Cariad ifanc, meddyliodd Capten Lake gan dynnu'i helmed a'i rhoi ar y bwrdd. Tra oedd e'n yfed, holodd y milwr Mererid am ei bywyd yn Lloegr.

"Fe briodais i â brodor o Eryri," meddai Mererid yn Saesneg. "Fe aethon ni i fyw yn ymyl Bryste achos doedd dim llawer o waith iddo fe yng Nghymru. Yna, un diwrnod, daeth grŵp o filwyr i'r fferm a dweud bod angen dynion ar y fyddin. Doedd fy ngŵr i ddim am fynd gyda nhw – roedd Rhodri'n ifanc ac wrth gwrs roedd e'n fud a byddar – ond roedd y milwyr yn benderfynol. Roedd rhaid i'm gŵr adael y fferm ac ymuno â'r fyddin. Ddaeth e ddim yn ôl! Roeddwn i ar fy mhen fy hun mewn lle dieithr a bachgen bach gen i i ofalu amdano. Ar ddiwedd y rhyfel penderfynais ddod yn ôl i Gymru. A dyna'r stori i gyd."

Edrychodd Buddug ar Rhodri. Roedd e wedi deall popeth trwy ddarllen gwefusau ei fam. Roedd e'n edrych yn drist ac roedd Buddug yn drist hefyd. Ar ôl clywed y stori roedd hi'n teimlo fel wylo. Roedd Mererid a'i mab wedi cael bywyd caled yn Lloegr.

Cododd Capten Lake ar ei draed. "Mae'n rhaid inni fynd," meddai wrth Mererid. "Diolch am y croeso."

Ar eu ffordd i dŷ Montague, dywedodd Buddug yn sydyn, "Roeddwn i'n meddwl eich bod chi'n mynd i ofyn

cwestiynau iddyn nhw am farwolaeth Eric."

Trodd y milwr ati. "Welaist ti ddim pa mor nerfus oedd Mererid pan aethon ni i mewn i'r bwthyn?" meddai. "Roedd hi'n cofio'r milwyr yna aeth â'i gŵr hi i ffwrdd. Roedd hi'n ofni fy mod i wedi dod i nôl Rhodri."

"Rwy'n gweld," meddai'r ferch yn dawel.

"Beth bynnag," ychwanegodd Lake. "Dydw i ddim yn gweld unrhyw gysylltiad rhwng Eric a Mererid."

"Beth am Rhodri?" gofynnodd Buddug.

"Bachgen da ydy Rhodri," atebodd y swyddog dan wenu. "Fyddai'r bachgen yna ddim yn lladd neb."

13.

Ar ôl cerdded am chwarter milltir arall, cyrhaeddon nhw ardd ffrynt fferm Montague. Daeth hen ŵr a gwallt gwyn ganddo i lawr y llwybr i'w croesawu nhw. Roedd oen bach yn ei ddilyn.

"Bore da, Montague," meddai Buddug yn Gymraeg. "Dyma Capten Lake. Mae e eisiau siarad â chi."

Trodd yr hen ŵr at y milwr.

"Ewch ymlaen, Capten," meddai mewn Saesneg perffaith. "Rydw i wedi byw am flynyddoedd yn Rhydychen yn dysgu ieithoedd yn y brifysgol."

"Mae pobl Caer Fynach yn teithio'n bell," meddai

Lake dan wenu. "Roeddwn i'n siarad â Mererid gynnau fach."

"Mae bywyd yn llai caled yn Lloegr," meddai Montague yn ddifrifol.

"Oeddech chi'n nabod Eric, stiward yr Arglwydd du Bois?" gofynnodd y swyddog yn sydyn.

"Doeddwn i ddim yn ei nabod e'n dda," atebodd yr hen athro.

"Roedd rhestr o enwau ganddo," meddai Lake. "Roedd eich enw chi ar y rhestr."

Cododd Montague ei ysgwyddau. "Ces i wahoddiad i ymweld â'r arglwydd yn y castell amser maith yn ôl," atebodd. "Efallai taw dyna pam rydw i ar y rhestr."

"Doedd e ddim yn arfer dod yma i'ch gweld chi?" gofynnodd y milwr.

"Nac oedd," meddai'r hen ŵr. "O! unwaith daeth e i mewn i'r ardd a chasglu afalau heb dalu amdanyn nhw."

"Beth wnaethoch chi?" gofynnodd Lake.

"Dim byd," atebodd Montague. "Roedd e'n cario cleddyf ar y pryd!"

Pan aeth y milwr yn ôl i'r castell, roedd yr Arglwydd du Bois wedi gadael neges iddo: "Mae rhywbeth pwysig wedi digwydd. Dewch i'm gweld i ar unwaith."

Roedd du Bois ac Awstin, y stiward newydd, yn aros amdano yn ystafell breifat yr arglwydd.

"Fe siaradais i â Ceinwen, gweddw Eric, y bore 'ma," meddai'r hen arglwydd wrth y milwr. "Fe roddais i newyddion da iddi hi. Gall aros yma yn y castell am weddill ei bywyd. Ond yn lle bod yn ddiolchgar, fe ddechreuodd hi wylo fel baban!"

"Wylo?" Doedd Capten Lake ddim yn deall.

"Ie. Mae hi wedi bod yn teimlo'n ofnus ers i Eric farw. Ydych chi'n cofio'r rhestr enwau?"

"Ydw."

"Wel, mae'n amlwg fod Eric yn blacmelio'r bobl 'na," meddai'r hen arglwydd. "Roedd e'n cuddio'r arian y tu ôl i garreg yn wal ei ystafell. Roedd Ceinwen yn amau bod rhywbeth anonest yn mynd ymlaen ond doedd hi ddim yn busnesu ym materion ei gŵr. Ond ar ôl marwolaeth Eric aeth hi i weld faint o arian oedd yn y twll yn y wal. Cafodd hi sioc. Roedd Eric wedi gwneud ffortiwn. Felly penderfynodd Ceinwen ddweud y gwir wrtho i."

"Ond braidd yn hwyr," meddai Lake. "Ydych chi'n mynd i'w chosbi hi?"

"Nac ydw," atebodd du Bois. "Ond rydw i am gael gair â'r masnachwyr 'na. Mae'n amlwg eu bod nhw wedi dwyn arian oddi wrtho i ers blynyddoedd maith. Roedd Eric yn gwybod hynny ac fe gofnododd bopeth ar bapur. Dyna pam roedd e'n eu blacmelio nhw."

Er nad oedd Awstin yn dangos hynny, roedd e'n gwrando'n astud ar bob gair ac yn meddwl yn ddwys.

Doedd Guto a Montague ddim yn gwerthu dim byd i'r Arglwydd du Bois. Felly, beth oedd y cysylltiad rhyngddyn nhw ac Eric?

14.

Roedd Capten Lake wedi bwyta ac yfed gormod wrth fwrdd yr Arglwydd du Bois. Roedd yr hen arglwydd yn hoffi yfed port ar ôl cinio'r hwyr, ac roedd y milwr wedi rhannu potelaid ag e.

Yn lle mynd yn syth i'w wely yn y castell, penderfynodd y capten fynd am dro bach yn y dref, i gael clirio'i ben. Roedd e wedi bod yn crwydro'r strydoedd cul am hanner awr pan sylweddolodd ei fod e'n sefyll yn y stryd lle roedd Guto'n byw.

Yn sydyn agorodd drws ym mhen draw'r heol a daeth dyn bach allan.

"Guto!" meddai Lake wrtho'i hunan. "Tybed i ble mae'n mynd?"

Roedd Guto'n cerdded yn gyflym. Penderfynodd y milwr ei ddilyn.

Roedd y dyn bach mewn brys i gyrraedd y comin a gadael strydoedd y dref y tu ôl iddo. Roedd yr awyr yn glir a'r lleuad yn llawn. Dewisodd Guto lwybr oedd yn arwain yn syth at y coed tywyll. Roedd Lake wedi cael gormod o swper. Roedd e'n rhy araf. Diflannodd y dyn bach i mewn i'r coed trwchus.

Eisteddodd y milwr ar y glaswellt. Roedd ei ben yn troi a theimlai'n flinedig iawn. Roedd y glaswellt yn gyffyrddus o dan ei gorff. Yn gyffyrddus iawn ...

Deffrodd Capten Lake ymhen yr hir a'r hwyr a rhwbiodd ei lygaid. Roedd ei ben yn curo fel drwm. Edrychodd o'i gwmpas a gwelodd ddyn yn croesi'r comin i gyfeiriad y dref. Roedd yr haul bellach wedi codi ac roedd e'n gallu gweld popeth yn dda. Guto oedd y dyn, a chariai sach drom ar ei ysgwydd.

Mae'n rhaid i fi godi, meddyliodd Lake, neu fe fydda i'n ei golli e eto.

Roedd yn haws iddo ddilyn y dyn bach y tro hwn, gan fod Guto'n flinedig a'r sach yn drwm. Cyn bo hir roedd Guto'n cerdded trwy strydoedd Caer Fynach. Weithiau roedd e'n mynd heibio i weithwyr oedd yn cychwyn ar eu taith i'r caeau neu i'r pentrefi, ond cadwai ei ben yn isel, heb siarad gair â neb.

Yna, arhosodd y dyn bach o flaen tafarn a churo ar y drws. Pan agorwyd y drws aeth Guto â'r sach i mewn. Erbyn hyn roedd Capten Lake yn gweld y sefyllfa'n gliriach. Roedd Guto wedi bod yn potsio yn y coed ac roedd y coed hynny'n perthyn i'r castell. Roedd y deddfau yn erbyn potsio yn rhai llym.

Tybed a ydw i wedi dod o hyd i'r cysylltiad rhwng

Guto a stiward y castell, meddyliodd y milwr. Ond roedd Capten Lake mewn penbleth. Pe bai e'n mynd i mewn i'r dafarn byddai'r tafarnwr a'r potsiar yn siŵr o siarad Cymraeg, a doedd e ddim yn deall gair o'r iaith.

"Ond o leiaf fe fyddan nhw'n cael eu dal a'r sach ganddyn nhw," meddai wrtho'i hunan. "Fe alla i fynd â nhw i'r castell neu i dŷ'r siryf a'u holi!"

Roedd y tafarnwr wedi cloi'r drws ar ôl i Guto fynd i mewn i'r dafarn. Curodd y milwr arno'n drwm a chlywodd leisiau y tu mewn. Ddaeth neb i agor y drws, felly curodd eto, yn drymach fyth.

Agorodd y drws yn sydyn a gwelodd Lake y tafarnwr yn sefyll o'i flaen. Rhuthrodd i mewn i'r ystafell ond roedd hi'n wag. Oedd Guto'n cuddio y tu ôl i'r bar? Croesodd yr ystafell i chwilio.

Roedd y tafarnwr yn siarad trwy'r amser, yn Gymraeg. Trodd Lake ato a gofyn yn Saesneg, "Ble mae Guto?"

"Guto?" atebodd y tafarnwr ac ychwanegu yn Gymraeg, "Pwy ydy Guto?"

Aeth y milwr y tu ôl i'r bar a gwelodd y sach ar y llawr.

"Y dyn adawodd y sach yma," meddai. "Ble mae e?"

Cododd y tafarnwr ei ysgwyddau i ddangos nad oedd e'n deall. Yna clywodd Capten Lake fwrdd yn symud. Trodd ei ben a gweld Guto'n rhedeg allan trwy'r drws agored. Gwthiodd y milwr heibio'r tafarnwr a dilyn y dyn bach i'r stryd.

Roedd Guto'n rhedeg nerth ei draed i gyfeiriad sgwâr y dref ond doedd Lake ddim yn gallu symud yn gyflym am ei fod e'n cario cleddyf. Yna gwelodd y milwr grŵp o fechgyn yn dod rownd cornel y stryd.

"Stopiwch e!" gwaeddodd Lake. "Stopiwch e!"

Erbyn hyn roedd Guto wedi rhedeg heibio i'r bechgyn ond yn sydyn daeth bachgen bach allan o'r grŵp fel mellten a thaclo Guto o'r tu ôl. Glaniodd y potsiar yn drwm ar y ddaear a gorwedd yno gan riddfan. Pan gyrhaeddodd Capten Lake y lle, roedd y bachgen wedi codi i'w draed yn barod.

"Arwel," meddai'r milwr wrtho. "Rwyt ti'n haeddu medal!"

Cydiodd yng ngholer Guto a'i dynnu ar ei draed. "Nawr, Guto," meddai. "Rwy'n mynd â ti'n ôl i'r dafarn ac rydyn ni'n mynd i agor y sach yna. Wedyn rydyn ni'n mynd i gael sgwrs fach a bydd fy ffrind Arwel yn cyfieithu inni."

Roedd y tafarnwr wedi gweld y cyfan trwy ffenestr y dafarn ac wedi penderfynu nad oedd e'n mynd i dalu am droseddau Guto.

"Mae'r sach yn llawn o gwningod, pysgod ac adar gwyllt," meddai wrth Capten Lake. "Potsiar ydy Guto ac mae e'n dod yma i yfed gwydraid o seidr ar ôl noson yn y goedwig. Ond dydw i ddim yn prynu dim byd ganddo fe. Dim byd."

Trodd y milwr at Guto. "Mae popeth yn y sach yn perthyn i'r Arglwydd du Bois, on'd yw e?" meddai.

Roedd corff y dyn bach yn crynu a'i lygaid yn llawn dagrau.

"Ydy," meddai mewn llais tawel. "Ydy."

"Oedd Eric y stiward yn gwybod am y potsio?"

"Oedd."

"Beth wnaeth e?"

"Dim byd," atebodd Guto. "Ar ôl gwerthu'r anifeiliaid roeddwn i'n arfer talu rhan o'r arian i Eric er mwyn cau ei geg."

Ochneidiodd y swyddog yn ddwfn. "Dyna pam roedd rhaid ichi ladd Eric yn y diwedd?" gofynnodd.

Cyfieithodd Arwel y frawddeg ac aeth wyneb Guto'n wyn.

"Nage," meddai. "Nage. Nid fi laddodd Eric. Wir i chi, syr!" Yn sydyn syrthiodd y dyn bach ar ei benliniau. "Capten," erfyniodd e. "Peidiwch â dweud dim byd am y potsio wrth yr Arglwydd du Bois. Dyn tlawd ydw i."

"Peidiwch â phoeni," atebodd y milwr. "Fydda i ddim yn dweud yr un gair wrtho fe. Ond byddwch yn ofalus, Guto. Mae stiward newydd wedi cymryd lle Eric."

Edrychodd y dyn bach arno.

"Rwy'n gwybod," meddai'n chwerw. "Awstin."

15.

Roedd Siryf John yn ceisio cerdded o gwmpas yr ystafell pan gyrhaeddodd Arwel adref gyda Capten Lake, a Buddug yn helpu ei mam i hongian dillad gwlyb ar y lein yn yr ardd gefn.

"Dydw i ddim yn gallu cerdded yn gyflym," meddai'r siryf wrth yr ymwelydd, "ond rydw i mewn llai o boen bob dydd."

Eisteddodd y milwr mewn cadair yn ymyl y tân ac esboniodd sut roedd Arwel wedi'i helpu i rwystro Guto rhag dianc hanner awr yn gynt.

"Da iawn, Arwel," meddai'r siryf, a gwenodd ei fab yn hapus. "Felly mae Guto'n dal i botsio yng nghoed y castell."

"Ydy," meddai'r bachgen. "Roedd ei sach e'n llawn."

Ochneidiodd Siryf John yn ddwfn. "Mae llawer o dlodion yng Nghaer Fynach," meddai. "Weithiau mae'n rhaid iddyn nhw droseddu er mwyn ennill bywoliaeth."

Nodiodd Capten Lake ei ben. Roedd y siryf yn siarad fel Cristion.

"Fydda i ddim yn sôn am y potsio wrth du Bois," meddai. "A dydw i ddim yn meddwl taw Guto laddodd Eric, er bod yr hen stiward wedi bod yn ei flacmelio e."

"Daeth Awstin yma neithiwr," meddai'r siryf. "Soniodd e am y blacmel hefyd. Roedd Eric yn cydweithio gyda masnachwyr y dref i dwyllo'r Arglwydd du Bois, ond roedd e'n eu blacmelio nhw ar yr un pryd!"

"Oedd," cytunodd y swyddog. "Mae cofnodion Eric yn profi hynny."

"Yn ôl Awstin bydd y sefyllfa'n gwella o hyn ymlaen," meddai'r siryf. "Ond dydw i ddim mor siŵr. Dydw i ddim yn ymddiried yn Awstin chwaith. Roedd e'n ffrind i Eric, wedi'r cwbl."

"Beth am yr hen ŵr 'na, Montague?" gofynnodd y milwr. "Daethon nhw o hyd i gorff Eric yn afon Gwy ac mae ffermdy Montague ar lan yr afon."

Crafodd Siryf John ei ên. Montague yn llofrudd?

"Wn i ddim," atebodd. "Mae'r hen ŵr yn ymddangos yn ddiniwed i fi."

Ydy, meddyliodd Capten Lake. Yn rhy ddiniwed efallai.

Fore dydd Sul aeth y milwr i'r eglwys gyda Siwan, gwraig y siryf, a'r ddau blentyn. Aeth Buddug i eistedd yn y côr, ond arhosodd Arwel gyda'i fam a Capten Lake.

"Mae eich merch chi'n brydferth iawn," meddai'r swyddog wrth Siwan. "Mae hi'n edrych fel angel yng ngolau'r ffenestr."

Roedd rhywun arall yn syllu ar Buddug hefyd. Roedd y llanc mud a byddar yn eistedd wrth ochr Mererid yn rhes gefn yr eglwys, ac roedd ei lygaid ar wyneb merch y siryf trwy'r amser. O bryd i'w gilydd roedd Buddug yn codi ei phen ac yn edrych ar Rhodri.

Yn y cyfamser, roedd Awstin yn gwylio fferm Montague. Roedd e wedi gofyn i fugeiliaid yr Arglwydd du Bois gadw llygad ar yr hen athro yn ystod yr wythnos, ond nawr roedd y bugeiliaid i gyd yn yr eglwys. Roedd Awstin yn un o'r caeau yn ymyl y ffermdy gan ei fod eisiau dod o hyd i'r cysylltiad rhwng Montague ac Eric.

Yn sydyn clywodd Awstin ddrws yn agor a chau yng nghefn y ffermdy. Roedd yr hen Montague ar ei ffordd allan. Croesodd yr athro gae oedd yn arwain at goedwig drwchus. Arhosodd y stiward i'r hen ŵr ddiflannu ymysg y coed. Roedd e'n siŵr y byddai'n gallu dilyn olion Montague yn y pridd meddal.

Cerddodd am ddwy filltir ar hyd llwybr cul rhwng y coed. Yna clywodd leisiau. Roedd e wedi cyrraedd man agored yn y coed. Cadwodd yn agos at dderwen enfawr a gwrandawodd ar y lleisiau. Doedd y bobl ddim yn siarad Cymraeg na Saesneg.

Edrychodd Awstin drwy'r dail a gweld dwsin o bobl yn eistedd mewn hanner cylch. Roedd Montague'n sefyll o'u blaen nhw, yn gwisgo casog gwyn ac yn dal croes arian yn ei ddwylo.

Daeth y gwir i'r stiward mewn fflach. Roedden nhw'n siarad Lladin! Roedden nhw i gyd yn torri cyfraith y wlad, achos roedden nhw'n cymryd rhan mewn gwasanaeth pabyddol dirgel.

A Montague oedd yr offeiriad!

16.

Bore dydd Mawrth roedd Edgar Barf Ddu yn eistedd yng nghornel dywyllaf y dafarn. Cafodd Edgar ei eni yng Nghaer Fynach, ond roedd wedi treulio'r rhan fwyaf o'i fywyd yn crwydro'r môr mawr. Roedd Edgar yn forwr, yn lleidr ac yn llofrudd.

Bob tro roedd drws y dafarn yn agor roedd Edgar yn codi ei ben. Doedd e ddim yn ymddiried yn neb a doedd neb yn ymddiried ynddo yntau chwaith.

Gwelodd e Awstin yn dod trwy'r drws. Roedd Awstin ac Edgar wedi bod yn ffrindiau amser maith yn ôl, ond roedd Awstin wedi aros yng Nghaer Fynach pan aeth Edgar i grwydro. Ar ôl prynu llond jẁg o gwrw aeth Awstin i ymuno â'i hen ffrind. Arllwysodd gwrw o'r jẁg i gwpan Edgar.

"Diolch," meddai Edgar. "A llongyfarchiadau. Ti ydy stiward newydd yr arglwydd, ontefe?"

"Ie," atebodd Awstin. "Ond rydw i eisiau siarad â ti am rywbeth pwysicach na hynny."

Clywodd yr hen Montague sŵn ofnadwy trwy ffenestr agored y ffermdy. Pan aeth i edrych, gwelodd Awstin a dyn arall yn gyrru praidd o ddefaid i gyfeiriad y fferm.

Roedd rhywun wedi agor clwyd yr ardd a'r defaid wedi dod i mewn gan ddinistrio popeth. Roedd Awstin a'i bartner yn sefyll yno gan chwerthin!

Aeth yr hen ddyn allan i brotestio, ond roedd Edgar Barf Ddu yn aros amdano. Gafaelodd ym mraich yr hen athro a'i wthio'n ôl i'r tŷ.

"Beth sy'n bod?" gofynnodd Montague'n bryderus.

Caeodd Awstin y drws ffrynt y tu ôl iddyn nhw. Roedd Edgar wedi tynnu dagr o'i wregys.

"Rydw i eisiau gwybod pam y lladdoch chi Eric," meddai Awstin gan wthio'r hen ŵr yn erbyn y bwrdd mawr yng nghanol yr ystafell.

"Dydw i ddim wedi lladd neb," protestiodd Montague. Yna teimlodd boen yn ei fraich dde. Roedd Edgar Barf Ddu yn gwasgu'r dagr yn erbyn ei gnawd gan wenu'n oeraidd trwy'r amser.

Dechreuodd yr hen ddyn weiddi am help, ond yn ofer. Roedd y defaid yn yr ardd yn gwneud gormod o sŵn.

"Rhaid ichi ddechrau siarad," rhybuddiodd Awstin, "neu fe fydd Edgar yn torri eich tafod chi allan!"

"Mae rhywun yn curo ar y drws," meddai Siryf John wrth ei fab. "Cer i'w agor e."

Agorodd y bachgen y drws a gweld Capten Lake yn sefyll yno yng ngolau'r haul.

"Dewch i mewn, Capten," galwodd y siryf o'i gadair. "Hoffech chi gael rhywbeth i'w yfed?"

"Dim diolch," atebodd y milwr gan siglo'i ben. "Rydw i ar fy ffordd i dŷ'r hen athro, Montague. Rwy'n siŵr y bydd e'n gallu fy helpu i, os ydy e'n fodlon – mae e'n ddyn deallus."

Roedd Arwel yn dal i sefyll wrth y drws.

"Ble mae eich ceffyl?" gofynnodd.

"Yng ngweithdy'r gof," atebodd Lake. "Mae e wedi colli esgid. Beth bynnag, mae'n well gen i gerdded mewn lle mor brydferth â Chaer Fynach, yn enwedig pan mae'r tywydd mor braf."

"Gaf i fynd gyda chi?" gofynnodd Arwel yn sydyn.

"Pam lai?" atebodd y milwr dan wenu. "A Buddug hefyd os nad ydy hi'n brysur."

Daeth mam y plant i mewn o'r gegin.

"Dydy Buddug ddim yma," meddai hi. "Mae hi wedi mynd i fwthyn Mererid i brynu wyau."

Roedd bwrdd y ffermdy yn waed drosto, ond doedd Edgar Barf Ddu ddim wedi gorffen eto.

"Rydych chi wedi sôn am lythyr," meddai Awstin wrth yr hen ddyn. "Ond dydw i ddim yn deall. Esboniwch, Montague!"

"Roedd Ianto wedi mynd â'r dieithryn i'r hen fynachdy," meddai'r hen ŵr dan riddfan. "Lladdodd Ianto e a dwyn ei arian. Daeth Eric o hyd i lythyr ar gorff y dieithryn. Llythyr mewn Lladin. Roedd Eric yn gwybod taw offeiriad pabyddol oeddwn i. Roedd e wedi bod yn fy mlacmelio i am flynyddoedd. Felly, daeth yma a gorchymyn i fi gyfieithu'r llythyr."

"Beth oedd yn y llythyr?" gofynnodd Edgar gan droi'r dagr eto.

"Aaa!" Roedd yr hen ŵr mewn poen ofnadwy.

"Aros," gorchmynnodd Awstin. "Dydw i ddim eisiau iddo fe farw eto."

"Mae … mae yna berson pwysig yn byw yng Nghaer Fynach," meddai Montague. "Person cyfoethog. Roedd Eric eisiau herwgipio'r person hwnnw a'i ddal e fel gwystl. Ond cafodd Eric ei ladd hefyd."

Rhoddodd Edgar Barf Ddu ei ddagr yn erbyn gwddf yr hen offeiriad. "Yr enw," meddai. "Rydyn ni eisiau'r enw. Pwy yw'r person pwysig yma?"

17.

"Oes, mae wyau ffres 'da fi, cariad," meddai Mererid wrth Buddug. "Dere i mewn."

Roedd dwy ystafell ym mwthyn Mererid a gardd hir yn

y cefn.

"Eistedda am funud," meddai. "Af i i nôl yr wyau."

"Ble mae Rhodri?" gofynnodd y ferch. "Ydy e'n gweithio heddiw?"

"Nac ydy," atebodd Mererid. "Mae e'n palu'r ardd. Wyt ti eisiau 'i weld e?"

Cochodd Buddug. "Dim diolch," meddai hi'n gyflym. "Dydw i ddim eisiau bod yn niwsans. Rwy'n gallu 'i weld e unrhyw bryd."

Gwenodd Mererid ar y ferch. Roedd hi'n gwybod bod Rhodri a Buddug yn hoffi ei gilydd yn fawr.

"O'r gorau, Buddug," meddai hi. "Arhosa yma. Fydda i ddim yn hir."

Pan welson nhw'r defaid yng ngardd Montague, trodd Arwel at Capten Lake a dweud, "Mae rhywbeth o'i le, syr. Mae gardd Montague yn daclus iawn fel arfer. Fyddai e byth yn gadael i ddefaid ddod i mewn a dinistrio'i blanhigion."

Cerddon nhw drwy'r defaid a churodd y milwr yn galed ar ddrws y ffermdy. Chafodd e ddim ateb.

"Montague!" gwaeddodd Arwel mewn llais uchel. "Agorwch y drws. Ffrindiau ydyn ni."

Ceisiodd Lake droi handlen y drws ond roedd e ar glo.

"Mae'r handlen yn wlyb," meddai wrth Arwel.

Edrychodd y bachgen ar fysedd y milwr. Roedden

nhw'n waed drostynt! Cymerodd y swyddog gam yn ôl ac yna ciciodd e'r drws yn agored.

Roedd Montague yn gorwedd ar lawr y ffermdy, ei lygaid wedi cau a gwaed yn rhedeg o'i wefusau. Penliniodd Capten Lake wrth ochr yr hen ŵr.

"Beth ddigwyddodd?" gofynnodd. "Pwy ymosododd arnoch chi?"

Agorodd Montague ei lygaid a syllodd ar wyneb y milwr.

"*Margarita … periculum*," meddai mewn llais gwan iawn. "*Margarita …*"

Trodd y milwr at y bachgen. "Mae e wedi drysu," meddai. "Mae e'n siarad Lladin!"

"Beth mae e'n ei ddweud? gofynnodd Arwel.

"Mae rhywun o'r enw Margarita mewn perygl," meddai Lake. "Oes rhywun o'r enw yna yn byw yng Nghaer Fynach?"

"Nac oes," atebodd Arwel gan siglo'i ben.

Trodd Lake yn ôl at yr hen ŵr.

"Dydw i ddim yn deall," meddai. "Pwy ydy Margarita?"

Roedd y nerth i gyd yn llifo o gorff Montague ond gwnaeth yr hen ŵr un ymdrech olaf cyn marw.

"Margarita," meddai. "Margarita ydy … Mererid!"

"Pwy sy'n bygwth Mererid?" gofynnodd Lake ond roedd yn rhy hwyr. Roedd llygaid Montague wedi cau am byth.

Sylwodd y milwr fod Arwel yn tynnu ar lawes ei grys.

"Beth sy'n bod?" gofynnodd.

"Rwy'n poeni am fy chwaer," meddai'r bachgen yn nerfus. "Os ydy Mererid mewn perygl, beth am Buddug? Maen nhw gyda'i gilydd yn y bwthyn!"

18.

"Y bachgen mud a byddar 'na ac Iarll Banbury … yr un person ydyn nhw," meddai Edgar Barf Ddu wrth Awstin. "Mae'n anhygoel!"

"Ydy," cytunodd stiward y castell. "Ond mae'n wir."

Roedd y ddau ddyn wedi gadael ffermdy Montague ac roedden nhw ar eu ffordd i fwthyn Mererid.

"Beth wnawn ni nawr?" gofynnodd Edgar.

"Dilyn cynllun Eric," atebodd Awstin. "Rydyn ni'n mynd i herwgipio Rhodri a'i gadw mewn lle cyfrinachol. Bydd y bachgen 'na yn etifeddu ffortiwn rhyw ddiwrnod, felly bydd ei ffrindiau'n barod i dalu arian i ni i'w gadw fe'n fyw, tra bydd ei elynion … "

" … eisiau inni dorri ei wddf e," meddai Edgar gan chwerthin yn uchel. Yna rhoddodd y gorau i chwerthin a chrafodd ei ên. "Ac os bydd e'n gwrthod mynd?" gofynnodd i'r stiward.

"Fydd dim dewis 'da fe," atebodd Awstin. "Llofrudd ydy e. Fe laddodd Eric, ti'n cofio?"

"Ond allwn ni ddim profi hynny," meddai Edgar.

"Dim ond Eric oedd yn gwybod ei gyfrinach e," atebodd Awstin. "Os bydd rhaid i Rhodri ymddangos o flaen y llys, fydd dim siawns 'da fe o gwbl."

Roedden nhw'n agosáu at y bwthyn. Trodd Awstin at ei bartner.

"Dyna fe'n gweithio yn yr ardd," meddai. "Rwy'n mynd i'w ddal e."

"Ar dy ben dy hun?" gofynnodd Edgar.

"Ie. Fydd e ddim yn amau dim."

Syllodd Edgar Barf Ddu ar y llanc. "Iarll Banbury," meddai. "Ac mae e'n palu'r ddaear fel gwerinwr!"

"Paid â gwastraffu amser," meddai Awstin yn llym. "Cer i mewn i'r bwthyn."

"Pam?"

"Dydw i ddim eisiau i Mererid alw am help. Mae dagr 'da ti – defnyddia fe os bydd rhaid. Rwyt ti wedi lladd un person yn barod heddiw. Fydd un arall ddim yn gwneud llawer o wahaniaeth!"

Yn y cyfamser roedd Arwel, brawd Buddug, yn rhedeg nerth ei draed i gyfeiriad y bwthyn.

"Arafa, Arwel," gwaeddodd Capten Lake. "Alla i ddim cadw i fyny â ti."

Ond doedd y bachgen ddim yn gwrando. Roedd ei chwaer mewn perygl ofnadwy. A fyddai'n cyrraedd y bwthyn mewn pryd i'w hachub hi?

Roedd Buddug yn eistedd yn llonydd wrth y tân pan dorrodd Edgar Barf Ddu i mewn i'r ystafell. Edrychodd Edgar arni'n syn. Doedd Awstin ddim wedi dweud y byddai merch ifanc yno.

Yr union foment honno daeth Mererid i mewn i'r ystafell trwy ddrws arall. Rhuthrodd Edgar ati a thaflodd ei fraich o gwmpas gwddf y wraig. Dechreuodd wasgu'n galed a throdd wyneb Mererid yn goch ac yna'n las. Doedd Buddug ddim yn gallu gwneud dim i'w helpu achos roedd Edgar yn dal y dagr yn ei law rydd.

"Paid â symud," gorchmynnodd, ond rhedodd y ferch at ffenestr yr ardd a gweiddi "Help! Help!"

Clywodd Awstin y ferch yn gweiddi a gwenodd. Roedd e'n agos at y bachgen nawr ond roedd Rhodri'n dal i balu'r ddaear â fforch hir. Gwaedda, Buddug, gwaedda, meddyliodd y stiward. Fydd Rhodri ddim yn dy glywed di. Yna tynnodd ddagr o'i wregys.

Rhoddodd ei law ar ysgwydd y bachgen a throdd Rhodri i'w wynebu.

"Paid â gwneud dim byd hurt," meddai Awstin gan gyfeirio dagr at galon y llanc.

Cymerodd Rhodri gam yn ôl a chododd e'r fforch

mewn hanner cylch a'i hyrddio trwy goes Awstin. Gollyngodd y stiward ei ddagr i'r ddaear gan sgrechian mewn poen dychrynllyd.

Clywodd Edgar Barf Ddu sgrechiadau ei gyfaill, a gwthiodd Mererid i ffwrdd. Syrthiodd hithau i'r llawr yn anymwybodol. Trodd Edgar ei sylw at y ferch oedd yn dal i sefyll wrth y ffenestr. Roedd hi'n mynd i ddifetha popeth – rhaid iddo roi taw arni.

Agorodd drws ffrynt y bwthyn yn sydyn a rhuthrodd Arwel i mewn gan gario brws hir yn ei ddwylo.

"Gan bwyll, Arwel," meddai Buddug. "Mae cyllell 'da fe."

Ond pan welodd fod ei chwaer mewn perygl, collodd y bachgen ei dymer yn llwyr. Dechreuodd ymosod ar Edgar fel anifail gwyllt, gan ddefnyddio'r brws fel picell. Roedd rhaid i Edgar ildio iddo. Erbyn hyn roedd Buddug yn casglu llestri o'r bwrdd ac yn eu taflu at ei ben! Penderfynodd Edgar ffoi am ei fywyd, ond pan redodd allan drwy'r drws ffrynt gwelodd fod ei anlwc yn parhau. Roedd Capten Lake yn aros amdano. Daeth y milwr â gwastad ei gleddyf i lawr ar ben Edgar ac aeth y dihiryn i lawr fel sachaid o ŷd.

Rhuthrodd Lake i mewn i'r bwthyn. Roedd Rhodri wedi dod yn ôl o'r ardd lle roedd Awstin yn gorwedd mewn pwll o waed. Yn y cyfamser roedd Mererid yn gorwedd ar lawr y bwthyn heb symud o gwbl. Roedd ei

hwyneb yn wyn fel y galchen. Penliniodd Rhodri wrth ei hochr hi.

"Mererid … " wylodd. "Mererid, paid â marw … "

Trodd Buddug i edrych arno mewn syndod. Roedd y bachgen yn siarad!

Ond doedd Capten Lake ddim yn meddwl am hynny o gwbl. Syllodd e ar Mererid am foment, yna rhoddodd ei law ar ysgwydd Rhodri.

"Allan o'r ffordd," meddai wrtho. "Mae hi'n dal i anadlu."

19.

Pan glywodd yr Arglwydd du Bois y newyddion anfonodd ei weision i fynd ag Awstin ac Edgar i garchar y dref a gofynnodd i'w feddyg ofalu am Mererid. Yn ffodus roedd hi'n gwella'n gyflym ond byddai'n rhaid iddi hi orffwyso am rai dyddiau.

Aeth yr arglwydd i'r bwthyn i wrando ar stori Rhodri. Yn y cyfamser roedd clychau Caer Fynach yn canu'n llawen. Roedd y newyddion wedi cyrraedd y dref bod y Tywysog Siarl wedi glanio ar arfordir Lloegr. Roedd e ar ei ffordd i Lundain i gael ei goroni'n frenin.

"Pan gafodd fy nhad ei ladd ym mrwydr Caerwrangon naw mlynedd yn ôl," meddai Rhodri wrth y lleill, "roedd fy mywyd i mewn perygl, achos roeddwn i i fod i etifeddu teitl Iarll Banbury. Roedd gelynion y brenin eisiau i'r teitl ddiflannu am byth. Penderfynodd fy mam fy rhoi i dan ofal ei morwyn, Mererid. Des i yma i fyw gyda hi, tra oedd fy mam yn dweud wrth bawb fy mod i wedi boddi yn afon Tafwys."

Roedden nhw i gyd – du Bois, Capten Lake, Buddug ac Arwel – yn gwrando'n ofalus. Aeth Rhodri yn ei flaen.

"Roedd pobl Caer Fynach yn meddwl taw mab Mererid oeddwn i, ond doedd dim gair o Gymraeg 'da fi. Rhieni Cymraeg â mab di-Gymraeg? Fyddai neb wedi credu hynny. Dim ond un ateb oedd yna, felly. Roedd rhaid i fi esgus bod yn fud a byddar – o leiaf nes i mi ddysgu siarad Cymraeg."

"Sut oeddet ti'n cadw mewn cysylltiad â'th fam?" gofynnodd yr Arglwydd du Bois.

"Trwy'r porthmyn sy'n gyrru gwartheg i Lundain," atebodd Rhodri. "Fe roddon nhw lythyr trist i'm hen diwtor i'w roi i mi. Roedd fy mam wedi marw yn Llundain. Ond nid y tiwtor ddaeth â'r llythyr i fi, ond Eric. Roedd e wedi dod o hyd i'r llythyr ar ôl i Ianto ladd fy nhiwtor ger y mynachdy."

Nodiodd Arwel ei ben. Roedd e wedi gweld Eric yn tynnu darn o bapur o boced y dieithryn.

"Roedd y llythyr wedi'i ysgrifennu yn Lladin," meddai Rhodri. "Fe ddysgais i'r iaith pan oeddwn i'n blentyn bach. Doedd Eric ddim yn deall Lladin o gwbl. Felly roedd rhaid iddo fe droi at rywun arall am help."

"Montague druan," meddai Buddug yn dawel.

"Ie. Ar ôl i Montague gyfieithu'r llythyr, roedd Eric yn gwybod taw Roderick o Banbury oeddwn i, mab yr Iarll. Daeth e i'r bwthyn a dweud fy mod i mewn trafferth mawr, a bod pobl ddrwg yn chwilio amdana i. Roedd e eisiau i fi fynd i ffwrdd gydag e. Pan wrthodais i fynd, fe dynnodd ei gleddyf. Roedd ofn arna i. Felly fe wnes i ei drywanu â chyllell, a'i ladd."

Pesychodd Capten Lake yn sydyn. "Dwed y gwir, Rhodri," meddai.

"Beth?"

"Roedd Eric yn rhy glyfar i gael ei ladd gan lanc, yn enwedig gan fod cleddyf ganddo. Byddai'n rhaid iti gael help gan rywun. Wyt ti eisiau i fi siarad â Mererid i gael y gwir?"

Petrusodd Rhodri am eiliad, yna ysgydwodd ei ben yn drist.

"Nac ydw," atebodd yn dawel. "Fe ddywedaf i'r gwir wrthoch chi. Pan dynnodd Eric ei gleddyf, doedd dim arf 'da fi o gwbl. Ond roedd Mererid wedi mynd i nôl cyllell tra oedden ni'n ffraeo. Ymosododd hi ar y stiward o'r tu ôl."

"Ac yna fe daflaist ti gorff Eric yn yr afon," meddai'r Arglwydd du Bois.

"Do. Fyddwn ni'n cael ein cosbi, syr?"

Edrychodd du Bois ar y milwr. Cliriodd Lake ei wddf.

"Na fyddwch," meddai. "Roedd Mererid yn amddiffyn ei mab. Achos mae hi wedi dy fagu di fel mab, Rhodri."

"Beth am Awstin ac Edgar Barf Ddu?" gofynnodd Arwel yn sydyn. "Dydyn nhw ddim yn haeddu cael mynd yn rhydd."

"Nac ydyn," cytunodd y milwr. "Bydd rhaid iddyn nhw dalu'n ddrud am lofruddio Montague."

Trodd yr Arglwydd du Bois at Rhodri.

"Ti ydy Iarll newydd Banbury," meddai wrth y bachgen. "Rwy'n mynd i dy helpu di i gael dy etifeddiaeth yn ôl. Dydw i ddim yn rhag-weld unrhyw broblem. Bydd y brenin newydd yn awyddus i roi cymorth i fab ei ffrind gorau."

Siglodd Rhodri ei ben. "Dydw i ddim eisiau mynd yn ôl i Banbury, syr," meddai. "Mae'n well gen i aros yma yng Nghaer Fynach. Cymro ydw i nawr. Rwy'n mynd i ofalu am Mererid, fel mae hi wedi gofalu amdana i."

Ond roedd yr hen arglwydd yn benderfynol.

"Fydd hynny ddim yn broblem, Rhodri," meddai. "Bydd rhaid iti benodi stiward i ofalu am gastell Banbury – rhywun profiadol, dibynadwy, gonest ... rhywun fel Capten Lake, sy'n mynd i ymddeol o'r fyddin cyn bo hir."

Roedd pen y llanc yn dechrau troi ond roedd pawb o'i

gwmpas yn gwenu. A doedd yr Arglwydd du Bois ddim wedi gorffen eto.

"Bydd rhaid iti feddwl am briodi hefyd," meddai. "Rhaid iti chwilio am wraig dda i rannu dy fywyd di."

Edrychodd Rhodri ar ferch y siryf, a gwenodd. Roedd e'n gwybod na fyddai'n rhaid iddo chwilio'n bell …

TEITLAU ERAILL YNG NGHYFRES CLED:

Rhannwyd y gyfres yn dri grŵp wedi'u graddoli yn ôl iaith a chynnwys a nodir hynny gydag un, dau neu dri nod.

- *'Tisio Bet?* Emily Huws (Gomer)
- *'Tisio Sws?* Emily Huws (Gomer)
- *'Dwisio Dad* Emily Huws (Gomer)
- *'Dwisio Nain* Emily Huws (Gomer)
- *Piwma Tash* Emily Huws (Gomer)
- *Tash* Emily Huws (Gomer)
- *Gags* Emily Huws (Gomer)
- *Jinj* Emily Huws (Gomer)
- *Tic Toc* Emily Huws (Gomer)
- *Strach Go-Iawn* Emily Huws (Gomer)
- *Nicyrs Pwy?* Emily Huws (Gomer)
- *'Sgin ti Drôns?* Emily Huws (Gomer)
- *Croeso, Ms Swyn* Terence Blacker/Rhian P. Jones
- *Doctor Swyn* Terence Blacker/Rhian P. Jones
- *Ms Swyn dan Glo* Terence Blacker/Rhian P. Jones

•• *Canhwyllau* Emily Huws (Gomer)
•• *Dwi'n ♥ 'Sgota* Emily Huws (Gomer)
•• *Dwi Ddim yn ♥ Balwnio* Emily Huws (Gomer)
•• *Ydw i'n ♥ Karate?* Emily Huws (Gomer)
•• *Ydi Ots?* Emily Huws (Gomer)
•• *Modryb Lanaf Lerpwl* Meinir Pierce Jones (Gomer)
•• *Iechyd Da, Modryb!* Meinir Pierce Jones (Gomer)
•• *Y Gelyn ar y Trên* T. Llew Jones (Gomer)
•• *Craig y Lladron* Ioan Kidd (Gomer)
•• *Os Mêts, Mêts?* Terrance Dicks/Brenda Wyn Jones (Gomer)
•• *Tân Gwyllt* Pat Neill/Dic Jones (Gomer)
•• *Delyth a'r Tai Haf* Pat Neill/Dic Jones (Gomer)
•• *Adenydd Dros y Môr* Pat Neill/Dic Jones (Gomer)
•• *Cathreulig!* M. Potter/Gwenno Hywyn (Gwynedd)
•• *Haf y Gwrachod* addas. Siân Eleri Jones (Gwynedd)
•• *Lleuwedd* D. Wiseman/Mari Llwyd (Gomer)
•• *Sothach a Sglyfath* Angharad Tomos (Y Lolfa)
•• *Y Mochyn Defaid* Dick King-Smith/Emily Huws (Gomer)
•• *Rêl Ditectifs!* Mair Wynn Hughes (Gomer)
•• *Yr Argyfwng Mawr Olaf* Betsy Byars/Meinir Pierce Jones (Taf)
•• *Lloches Ddirgel* Theresa Tomlinson/Sioned Puw Rowlands (Gwynedd)
•• *Mwy Nag Aur* Meinir Wyn Edwards (Honno)
•• *Y Dyn â'r Groes o Haearn* J. Selwyn Lloyd (Gwynedd)
•• *Tân Poeth* Penri Jones (Dwyfor)

•• *Fe Ddaeth yr Awr* Elfyn Pritchard (Gomer)
•• *Y Defaid Dynion* Siân Lewis (Gomer)
•• *Gwe Gwenhwyfar* E. B. White/Emily Huws (Gomer)
•• *Wham-Bam-Bang!* Dick King-Smith/Emily Huws (Gomer)
•• *Myrddin yr Ail* Hilma Lloyd Edwards (Y Lolfa)
•• *Crockett yn Achub y Dydd* Bob Eynon (Dref Wen)
•• *Castell Marwolaeth Boenus ac Erchyll* Rolant Ellis (Y Lolfa)
•• *W-wff!* Alan Ahlberg/Brenda Wyn Jones (Carreg Gwalch)
•• *Cyfrinach y Mynach Gwyn* Eirlys Gruffydd (Gomer)
•• *Mêts o Hyd* Terrance Dicks/Brenda Wyn Jones (Gomer)
•• *Cuthbert Caradog* Alys Jones (Gwynedd)
•• *Bwli a Bradwr* Brenda Wyn Jones (Gwynedd)
•• *Helynt y Twll yn y Wal* M. Blackman/Iola Jôns (Honno)
•• *Olwynion Gwyllt* M. Hardcastle/Elwyn Ashford Jones (Gomer)
•• *Blodau'r Fynwent* Len Evans (Dref Wen)

••• *Pen Cyrliog a Sbectol Sgwâr* Gareth F. Williams (Y Lolfa)
••• *Nefi Bliwl!* C. Sefton/Emily Huws (Gomer)
••• *Magu Croen Rhag Poen* Mair Wynn Hughes (Gomer)
••• *Yr Indiad yn y Cwpwrdd* L.R. Banks/Euryn Dyfed (Gomer)
••• *Gan yr Iâr* Anne Fine/Emily Huws (Gomer)
••• *Hacio* M. Blackman/Gwenllïan Dafydd (Honno)
••• *Help ar y Sgrin* M. Coleman/Dylan Williams (Gomer)
••• *Taro'r Allwedd* M. Coleman/Gwenllïan Dafydd (Gomer)
••• *Duwies y Llyn* Marion Eames (Gomer)
••• *Jymbo* Gwynne Williams (Dref Wen)
••• *Y Corff Anhysbys* Bob Eynon (Dref Wen)

Storïau Bob Eynon
o Wasg y Dref Wen

I BOB OEDRAN

Ffug-wyddonol
Y Blaned Ddur

Antur a Rhamant (gyda geirfa)
Y Ferch o Berlin *
Y Bradwr *
Bedd y Dyn Gwyn *
Lladd Akamuro

Gorllewin Gwyllt (gyda geirfa)
Y Gŵr o Phoenix *

Dirgelwch: Cyfres Debra Craig (gyda geirfa)
Perygl yn Sbaen
Y Giangster Coll
Marwolaeth heb Ddagrau

Yng Nghyfres Llinynnau
Y Giang

I BOBL IFANC
(gyda lluniau du-a-gwyn)
Dol Rhydian
Yr Asiant Cudd
Crockett yn Achub y Dydd
Trip yr Ysgol
Yn Nwylo Terfysgwyr
Castell Draciwla
Arian am Ddim

* *hefyd ar gael ar gasét yng nghyfres*
LLYFRAU LLAFAR Y DREF WEN